용을 삼킨

검 8

사 도 연 신무협 장편소설

ORIENTAL FANTASY STORY & ADVENTURE

dream
books
드림북스

용을 삼킨 검 8 천마(天魔)

초판 1쇄 인쇄 / 2015년 5월 12일
초판 1쇄 발행 / 2015년 5월 19일

지은이 / 사도연

발행인 / 오영배
책임편집 / 편집부
펴낸 곳 / (주)삼양출판사·드림북스

주소 / 서울시 강북구 도봉로 173
대표 전화 / 02-980-2112 팩스 / 02-983-0660
편집부 전화 / 02-980-2116 팩스 / 02-983-8201
블로그 / blog.naver.com/dreambookss

등록번호 / 제9-00046호
등록일자 / 1999년 3월 11일

ⓒ 사도연, 2015

값 8,000원

ISBN 979-11-313-0203-3 (04810) / 979-11-313-0111-1 (세트)

* 지은이와 협의하에 인지는 생략합니다.
* 잘못된 책은 구입한 곳에서 바꾸어 드립니다.

* 이 도서의 국립중앙도서관 출판시도서목록(CIP)은 서지정보유통지원시스템홈페이지(http://seoji.nl.go.kr)와
  국가자료공동목록시스템(http://www.nl.go.kr/kolisnet)에서 이용하실 수 있습니다. (CIP제어번호: 2015013145)

사도연 신무협 장편소설

ORIENTAL FANTASY STORY & ADVENTURE

8

천마(天魔)

dream
books
드림북스

목차

第一章

마신환상대진(魔神幻想大陣)

"으아아아아! 아아아아!"

마구유는 분노에 찬 모습으로 칼을 마구잡이로 휘둘러 댔다.

이미 이성은 반쯤 날아가고 없다.

분명 방금 전까지만 해도 무성이 그들의 원수를 갚아 줄 것이라고 생각했건만.

그런데 애초 그들은 농락당하고 있었다.

사형. 아니, 사형이라 생각했던 자에게!

이미 소천혈검은 이 세상 사람이 아니었던 것이다.

쾅! 쾅! 쾅!

거치도를 휘두를 때마다 공간이 찢겨 나간다. 톱날은 닿는 모든 것을 찢어발겼다. 적도 아군도 없었다.

그가 뿜어내는 광기에 실혼인들도 움찔 떨 정도였다.

곤호심법의 효과다.

곤호심법은 시전자와 동화되어 자체적으로 발전한다.

당연히 시전자가 광증을 드러내면 폭주하고 만다.

콰콰콰! 챙!

그때 거침없이 질주하던 거치도가 처음으로 막혔다.

마구유는 그쪽으로 시선을 돌렸다.

감히 자신을 막은 존재가 누군지 확인하기 위해.

"크르르르."

익숙한 얼굴이다.

뺀질뺀질한 얼굴에 엷은 웃음을 짓던 청성파의 고수.

"이학산."

이학산은 더 이상 예전의 모습을 갖지 않았다. 맑았던 두 눈은 탁한 마기가 흐른다. 푸른 구름과 붉은 안개를 뿌리던 검은 검붉은 빛을 띤다.

이미 이학산 역시 마성에 물들어 있었던 것이다.

"비켜!"

"크르르르르!"

콰콰쾅!

마구유는 보기 싫다는 듯이 거치도를 사선으로 그었다.

하지만 이학산은 물러서지 않고 맞부딪쳤다. 아니, 도리어 검을 옆으로 흘리면서 비어 있는 좌수를 힘차게 뿌렸다.

청성파의 절기, 절영수(絶影手)다.

그림자도 끊어 버린다는 이름을 가진 손날은 마구유의 가 슴팍을 후려쳤다.

마구유는 본능적으로 몸을 뒤로 뺐다.

다행히 상처는 크게 나지 않았다. 옷이 찢어지며 옅은 상처 가 났다.

그러나 마구유의 마음에는 짙은 상처가 남았다.

"네놈이 감히!"

마인으로서의 자부심이 강했던 그로서는 구대문파의 애송 이 따위에게 피를 보았다는 사실에 화가 단단히 났다.

그렇지 않아도 번번이 눈에 거슬렸던 놈이 아닌가.

이참에 찢어 죽여야겠다는 생각만 남는다.

사형을 잃었다는 짜증과 분노가 모두 녀석에게로 전가 되었다.

번—쩍!

마구유의 두 눈이 시푸른 귀화를 흘린다.

거치도가 귀화를 가득 머금은 듯 시퍼런 색으로 물들었다. 횡, 횡, 공간이 찢겨 나가는 소리와 함께 거대한 공세가 이학산을 밀어붙였다.

그러나 이학산 역시 만만치 않았다.

여태껏 실력을 숨기고 있었던 것인지, 아니면 마성에 물들면서 각성을 한 것인지도 모른다.

이학산은 결코 마구유에게 밀리지 않았다.

도리어 독기를 잔뜩 품으며 부딪친다.

힘에서 달려도 악착같이 물고 물어 늘어진다.

따다다당!

도무지 누가 실혼인지 분간이 되지 않을 정도로 날뛰기 시작한다. 두 존재는 어느 누구의 접근도 불허하며 자신들만의 세계에 갇혀 적을 죽이고자 했다.

쉬쉬식!

바로 그때 이학산의 검이 갑자기 검붉은 빛을 토했다.

동시에 뿌려지는 안개.

분명 이학산이 자랑하던 청성의 절기, 청운적하검이다.

기를 허공에다 뿌려 적을 그 속에다 가두고 단숨에 휘몰아치는 절기.

푸르고 붉은 기운 대신에 검붉은 마기가 뿌려진다는 것만 제외한다면 그야말로 완벽에 가까웠다.

검붉은 마기가 사슬처럼 촘촘히 마구유를 얽맨다.

마구유는 어떻게든 기운을 떨쳐내고자 했다.

하지만 도저히 쉽지가 않았다.

거치도 통째로 기운을 뜯어낸다고 해도 새로운 기운이 금세 빈자리를 채운다. 마치 먹이를 옥죄려는 구렁이처럼 검붉은 안개가 칭칭 감았다. 그의 행동반경이 서서히 좁혀졌다.

마구유는 폭랑폭세(暴狼爆勢)로 저항을 시도했다.

거친 힘으로 상대방을 찢어발기는 초식이다.

그러나 이미 검붉은 안개는 촘촘하게 얽매어 단단한 강도를 자랑했다.

두들기는 순간 안개는 뜯기기는커녕 흔적 하나 남지 않았다. 도리어 찌릿한 반발력에 손목이 떨어져 나갈 것만 같았다.

마구유가 처음으로 당황하는 사이,

쉭!

이학산이 빈틈을 놓치지 않고 검을 앞으로 찔렀다.

그야말로 쏜살같이 완벽한 일초다.

'실수다!'

마구유는 얼음물을 끼얹은 것처럼 정신이 확 깼다.

언제 그랬냐는 듯이 흥분이 가라앉았다. 싸늘한 정신만 남았다.

그는 뒤늦게야 자신의 패착을 깨달았다.

마성에 젖어 오로지 적을 격살하는 데만 집중하는 냉정한 이학산은 제 감정을 주체하지 못하고 힘을 낭비하는 마구유에게 천적일 수밖에 없다.

하지만 그 사실을 이제 와 깨달으면 뭣 하는가.

이미 검첨은 미간까지 치달은 것을.

두 눈을 질끈 감은 바로 그때,

"이 빌어먹을 놈아!"

갑자기 거친 노성과 함께 빠악! 하고 둔탁한 타격음이 귓가를 때렸다. 미간을 찔러야 할 검이 옆으로 비켜 나는 게 느껴졌다.

"음?"

얼떨결에 두 눈을 뜬 마구유의 눈에 비친 것은 갑자기 나타나 장창을 몽둥이처럼 휘두르는 홍가연과 거기에 관자놀이를 세게 얻어맞아 저만치 날아가는 이학산이었다.

'아프겠군!'

그 모습을 보자마자 든 생각은 바로 그것이었다.

아미파의 복마창. 무게만 수십 근에 달해 살짝 스치기만 해도 골절은 기본이라던 무시무시한 무기가 아닌가.

그걸 정통으로 얻어맞았으니.

저도 모르게 등골이 찌릿했다.

그리고.

'좀 무서운 여자일세.'

가차 없이 그걸 휘두른 홍가연도 두렵게 느껴졌다⋯⋯.

우당탕탕!

이학산은 저만치 날아가 바닥을 데구루루 굴렀다.

깔끔하던 모습은 온데간데없어졌다. 옷은 먼지를 잔뜩 머금어 넝마가 되었고, 묶었던 머리는 봉두난발이 되어서 망나니가 따로 없었다.

"크르르르!"

이학산은 천천히 일어나며 마구유가 아닌 홍가연을 잔뜩 노려보았다.

마치 상처 입은 맹수가 적의를 드러내듯이.

하지만 홍가연은 가차 없었다.

"어디서 이빨을 들이대!"

퍽!

이학산이 다 일어나기도 전에 달려가 냅다 발길질을 한다.

턱과 이가 다 으스러지는 게 아닌가 할 정도로 큰 소리와 함께 다시 붕 떠올라 바닥을 뒹군다.

홍가연은 거기서 그치지 않았다.

타다닥!

녀석이 자세를 갖추기 전에 복호창으로 마구 두들겨 패기 시작하는 게 아닌가!

그 모습이 마치 개방 거지들이 복날에 동네 황구를 두들겨 팰 때를 연상케 했다.

퍽퍽퍽!

홍가연은 정말 구석구석 가리지 않고 때렸다.

어느 한 곳도 가리지 않고 골고루. 과연 정말 저래서 살 수 있을까 싶을 정도로 아주 세게.

이학산은 어떻게든 저항하고자 했지만, 홍가연은 용납하지 않았다.

아예 일어날 기회를 안 주려는 모양이었다.

"정말 바빠 죽겠는데 이게 뭔 꼴이냐고! 앙? 그러면서 뭐? 자기가 알아서 하겠으니 걱정 마? 하여간 자기 잘났다는 듯이 주둥이만 살아서는! 그래 놓고 이 꼴이냐? 어?"

여태껏 쌓인 화를 다 풀려는 모양인 듯, 홍가연의 몽둥이찜질 춤은 도무지 끝날 기미가 안 보였다.

마구유는 그때마다 자기가 다 찌릿찌릿했다. 몸에 으슬으슬 오한이 들고 경기가 일었다.

"어, 음, 어⋯⋯."

이미 신변을 구속하던 검붉은 안개는 풀어진 지 오래.

그래서 말을 꺼내려는데, 홍가연이 홱 하고 뒤로 고개를 돌렸다.

"뭐? 불만 있어?"

"아, 아니. 그, 그건 아니고⋯⋯."

"그럼 찌그러져 있어! 그쪽은 이놈 다음이니까!"

"……!"

홍가연은 마구유가 가장 듣기 두려워했던 살벌한 대사를 내뱉고는 다시 매타작에 몰입했다.

마구유는 몸을 부들부들 떨었다.

'뭐, 뭔 저런 여자가 다 있어?'

아미파의 제자라고 하지 않았나? 그런데 뭔 성격이 저렇게 웬만한 마인보다 더 괴팍해?

마구유가 이대로 줄행랑이라도 쳐야하는 게 아닌가 하고 잠시 갈등할 무렵, 드디어 이학산에게서 새로운 변화가 보였다.

"자, 잠깐……! 킥!"

퍽!

"기, 기다리……!"

퍼퍽!

"……십시오, 홍 소제!"

퍼퍼퍽!

"제, 제발!"

희미하던 소리가 처음으로 커진 후에야 신들린 매타작이 끝났다.

"어? 정신 차렸어?"

"그, 그만 좀……!"

"미안. 들려야 말이지."

물론 홍가연의 목소리는 전혀 미안한 기색이 없었다.

'정말 무서운 여자일세. 아미파는 여태 조용한 사찰이라고만 알고 있었는데 그게 아니었나? 앞으로 조심해야겠어.'

마구유는 방금 전까지 생사를 놓고 싸우던 이학산을 동정 어린 시선으로 보았다.

이학산은 두 눈에 멍이 시퍼렇게 든 채로 앓는 소리를 냈다.

"끄응. 이제 정신을 차렸으니 그만해도 됩니다."

이학산은 바들바들 떨리는 몸으로 검을 지팡이 삼아 억지로 일어났다. 찢긴 옷깃 사이로 멍이 안 든 곳이 없었다. 신기한 건 상처는 하나도 안 났다는 점이었다.

"안 아픈 곳이 없군요……."

"난 영영 인간 구실 못 할 줄 알았지."

"으으으. 여태 쌓인 거 다 푼 거 아닙니까?"

"왜? 더 때려 줘?"

홍가연이 복마창을 들어보이자, 이학산은 반사적으로 뒤로 주춤 물러섰다. 입가에 쓴웃음이 걸렸다.

"괜찮다니까요. 정말로. 마 형도 그러신 것 같고."

이학산은 마구유 쪽을 보았다.

마구유도 고소를 입에 물며 고개를 끄덕였다.

홍가연은 복마창을 어깨에 떡억 하니 걸쳤다. 이맛살을 찌푸린 것이 영 못마땅하다는 눈치였다. 아쉬워하는 기색이 역력했지만, 이학산은 모른 척했다.

"그보다 어떻게 된 거야? 설명 좀 해 봐. 왜 정신이 회까닥 돈 건데?"

"글쎄요. 진법이 시작될 때 저도 모르게 몸을 빼앗기는 기분이었습니다. 분명 이성은 살아 있는데 마치 저 뒤편에서 서 있는 기분이랄까요."

"뭐야, 그게?"

"모르니 이러는 거겠죠."

이학산이 어깨를 으쓱거린다. 예전처럼 말끔한 인상이었으면 지적이게 보였겠지만, 지금은,

"그딴 짓 하지 마. 멍청해 보이니까."

"……."

홍가연은 이학산의 입을 꾹 다물게 만들고는 다시 물었다.

"어찌 되었던 간에 분명 실혼인이 되었어도 정신은 차리고 있었단 얘기지?"

"예."

"그렇다면…… 방법이 있겠어. 넌 일단 날 따라와."

"이렇게 아픈데 말입니까?"

"더 맞을래?"

"그냥 조용히 따르지요."

이학산이 쓰게 웃는다.

홍가연이 마구유를 보았다.

"아저씨는? 필요하다면 그쪽도 때려 줄 용의가 있는데."

"그건 사양하지. 한데, 그 방법이란 거, 정말 믿을 만하나?"

"진 공자가 가르쳐 준 방법이 하나 있어요. 만약 일이 틀어졌을 경우에 하라고 일러 준. 물론 상황이 달라졌으니 조금 방식을 다르게 해야겠지만요."

마구유는 무겁게 고개를 끄덕였다.

확실히 무성, 그가 고안해 낸 방법이라면 가능성이 있다.

"좋다. 따라가지. 하면 뭐부터 하면 되지?"

"간단해요."

홍가연은 말에 힘을 주었다.

"수뇌부를 칠 거예요."

*　　　*　　　*

이미 초왕부는 혼란, 그 자체였다.

아군과 적군이 마구 뒤엉킨 늪.

마성에 물든 실혼인들은 적아를 구분하지 못하고 날뛰기에 바쁘다. 강호인들은 어떻게든 동료를 진정시키고자 했지만 그것이 쉬울 리 없다.

특히나 실혼인들 대다수가 뛰어난 고수들.

피해는 삽시간에 크게 번졌다.

"결국 시작되었군."

문인산은 쓰게 웃으며 몸을 살짝 틀었다.

아슬아슬하게 미간으로 치달아오는 검이 빗겨 난다. 동시에 문인산은 몸을 안쪽으로 다시 돌리면서 우수를 벼락처럼 뿌렸다.

펑!

공기가 터져 나가는 소리와 함께 상대방의 몸이 크게 들썩인다.

녀석은 두 눈이 뒤집힌 채로 발라당 넘어졌다. 입에 게거품을 물었다. 다행히 혼절만 했을 뿐, 숨은 붙어 있었다.

문인산은 되도록 살수는 쓰지 않았다.

이들은 자신들도 모르는 사이에 구천마종의 암수에 이지를 상실한 이들일 뿐. 되도록 살려야만 했다.

물론 눈을 잃은 문인산에게 그런 게 쉬울 리가 없다.

그래도 그는 꿋꿋이 감각에 의존했다.

그때 쌍룡쟁투(雙龍爭鬪)의 초식으로 실혼인들을 제압한 조철산이 문인산에게 다가왔다.

"짐작했던 겐가?"

"어느 정도는요. 만야월이 구천마종과 손을 잡고 어떤 모종의 일을 벌인다는 첩보를 입수했었으니 말입니다."

만야월을 쫓는 것은 결코 쉬운 일이 아니었다.

그들은 이름 그대로 달이다.

밤하늘에 고고하게 떠서 어둠을 물리치나, 어둠이 가라앉으면 언제 그랬냐는 듯이 싹 사라지는 달.

하지만 문인산은 만야월이 생각하는 것 이상으로 유능했다.

실마리를 잡으면 어떻게든지 바짝 추격했다.

"초왕부로 오던 이들이 크건 작건 간에 마인들에 의한 기습을 받은 것은 알고 계시지요?"

"그러네만."

"한데, 마인들을 제압하느라 각 무인들이 정신이 팔린 사이에 만야월의 자객들이 뒤편으로 몰래 접근을 했던 듯합니다."

"거기서 수를 쓴 모양이군."

"예. 어떤 약에 중독될 수 있게 우물에다 물을 탔을 수도 있고, 아니면 사람을 심었을 수도 있지요. 하여간 그런 방식으로 서서히 목표를 중독시켰던 듯합니다."

조철산의 눈이 커졌다.

"그런 걸 알고 있었다면……!"

언질을 주었더라면 일이 이 지경이 되지는 않았을 게 아닌가.

"하지만 밝힐 수가 없었습니다."

"왜?"

"구대문파이지 않습니까?"

"……!"

조철산은 그제야 떠올렸다.

무신련과 구대문파 간의 관계.

분명 겉으로 봤을 때는 아무런 이상이 없어 보이나, 실제 속으로는 물과 기름처럼 가까워질 수가 없다.

무신련은 구대문파를 잊혀야 할 구시대의 유산으로 보고, 구대문파는 그들을 힘으로 모든 걸 이루고자 하는 야만인으로 본다.

그나마 가까웠던 무당파의 경우에는 이제 구대문파 내에서도 가장 거리가 멀어지고 말았다.

무성을 껴안았다는 이유 하나만으로.

"저도 밝히려 했습니다만, 어느 누구도 만나 주려 하지 않더군요. 그래서 따로 전언을 남겼습니다만 역시나 전해지지 않은 모양입니다. 확실히 그럴 수밖에 없겠지요. 초왕부가 만야월과 가까이 있다니. 그들로서는 '그게 왜?'라고 여길 수밖에요."

"으음!"

문인산은 눈살을 살짝 좁혔다.

확실히 그건 그랬다.

만야월은 아직 이렇다 할 만큼 구대문파에 피해를 끼친 것이 없다.

물론 그렇다고 공명정대한 그들이 자객 집단인 만야월을 기꺼워할 이유도 없지만, 무신련과 대적하고 있으니 암묵적인 아군으로 규정하고 있을 테니.

아니, 어쩌면 야별성 전체를 그리 여겼을지도 모른다.

"구천마종이 초왕부와 손을 잡았다는 것을 증명할 수 있었다면 이야기가 또 달라졌을지 모르지만, 이때는 저 역시 몰랐으니 어쩔 수 없었지요. 무성과 연락이 끊어진 것이 이렇게 독으로 작용할 줄은."

문인산은 쓰게 웃으며 말을 이었다.

"그러니 지금 방법은 하나밖에 없습니다."

"뭔가?"

"구대문파나 낭인들께는 죄송한 말씀이지만, 그들이 알아서 버티길 바라야 합니다. 그들이 시간을 버는 동안 우리는……."

문인산은 높이 고개를 들었다.

눈을 꼭 감고 있음에도 불구하고 뭔가를 보고 있듯이.

조철산은 즉각 그쪽으로 시선을 돌렸다.

다 무너져 가는 궁궐의 지붕 위.

팔짱을 낀 채로 고고하게 선 존재가 있다.

눈을 제외하고 얼굴 전체를 복면으로 가린 그는 무미건조
한 눈빛으로 지상을 굽어다보다가 끝내 문인산, 조철산과 눈
이 마주쳤다.

조철산이 이를 악물며 작게 중얼거렸다.

"살존……!"

문인산이 고개를 끄덕였다.

"만야월부터 확실히 잡아야겠지요."

고고한 존재, 살존이 천천히 입을 연다.

"누가 누굴 잡는다는 것이냐?"

싸늘한 어투에 묵직한 기파가 실린다.

듣는 사람으로 하여금 저도 모르게 고개를 숙이게 만드는
위엄이 섞여 있다.

조철산은 행여 살존이 문인산에게 해코지라도 할까 싶어
재빨리 문인산 앞에 섰다. 어느샌가 좌우로 고황과 석대룡이,
옆으로 천리비영이 몰렸다.

그 주변으로 홍염기군과 백호기군이 삥 에워쌌다.

홍운재 장로들은 바짝 긴장했다.

문인산이 지시를 내리면 언제라도 몸을 날릴 수 있도록.

"여기에 있었구려. 그렇게 쫓아다닐 때에는 얼굴도 비춰 주지 않으시더니."

"무신이 직접 찾아와도 고민할까 싶은 것을 네놈 따위가 감히 이 나와 나란히 서겠다는 것이냐?"

"안 될 것이 어디 있습니까?"

쿵!

순간 공기가 묵직해졌다.

"큭!"

"역시나 만만치 않군……!"

홍운재 장로들은 이를 악물며 침음성을 흘렸다.

이렇게 거리가 떨어져 있는데도 불구하고 이만한 위압감이라니!

정주유가에서 만났을 때보다 더 대단해졌다 싶다.

하지만 문인산만큼은 마치 세상에서 유리된 것처럼 평온해 보인다. 아니, 입가에 담담한 미소까지 맺혀 있다.

살존의 입술 끝이 비틀렸다.

"믿는 구석이 있구나."

"어쩌다 보니 운 좋게 하나를 얻을 수 있었습니다."

"좋다. 그 알량한 재주, 어디 한번 구경이나 해 보자꾸나."

살존의 말이 끝나기 무섭게 공간이 찢어지면서 새카만 바람이 불었다.

휘리릭!

거대한 강줄기처럼 불어 든 바람은 수십 개로 분리되어 회전했다. 낙엽과 먼지 따위를 안으며 자그마한 소용돌이를 그리던 바람은 곧 살존을 닮은 모습으로 변했다.

살존 뒤편으로 부복한다.

그 숫자가 모두 아흔아홉.

살존이 자랑한다는 호위무사들이자, 만야월의 전력 중 육 할을 담당한다는 특급 살수인 반고구십구규(潘孤九十九奎)다.

줄여서 반고규라 부르는 이들을 향해 소리친다.

"중천대호의 목을 가져오라. 잘 포장해 무신에게로 보낼 것이니 상처가 나서는 안 된다."

"존명!"

"존명!"

우렁찬 외침과 함께 아흔아홉 개의 그림자가 하늘을 빼곡 물들였다.

문인산 역시 공격을 명령하려던 바로 그때였다.

『도와주십시오!』

갑자기 문인산의 귓가로 전음이 파고들었다.

전황이 아주 급박한 순간이지만 전음이 끝나는 순간, 문인산의 입가에도 미소가 맺혔다.

'오냐. 도와주마.'

대답은 한마디로 충분했다.

"모두 방진(方陣)을 갖춰라!"

＊　　　＊　　　＊

무성은 생각했다.

'이자, 강해. 어쩌면 창마와 견줄 수 있을지도!'

그가 기왕부에서 겪었던 창마의 벽은 너무나 컸다. 그런데 주호가 보여 주는 신위 또한 절대 만만치 않았다.

따다당!

둘의 충돌은 그야말로 파괴적이었다.

마치 먹이를 낚아채기 위해 하강하는 매처럼 이기어검이 날아들면, 마혼도는 발톱으로 적을 찍어 누르려는 맹수처럼 강렬한 기파를 터뜨렸다.

공간이 휘어진다는 착각이 일 정도로 커다란 파문이 쉴 새 없이 그려진다. 충격파가 터질 때마다 지반은 마치 화탄이라도 내려앉은 것처럼 터져 나갔다.

무성은 그때마다 육혈대륜을 계속 자극했다.

부아앙!

금구환과 마령주가 계속 충돌한다.

흘러나온 기운은 쉴 새 없이 가동하는 육혈대륜의 동력원이 되었다. 그때마다 이기어검이 기분 좋다는 듯이 징, 징, 울음을 터뜨렸다.

하지만 주호도 만만치 않다.

초왕부의 갖가지 지원을 등에 업고서 어린 시절부터 각종 영약을 밥 먹듯이 해 온 그는 구천마종의 마공까지 더해지면서 완전무결한 무인에 가까워졌다.

특히 마혼도는 심령으로 연결된 주인의 마음을 가장 잘 이해하며 그때마다 수족처럼 완벽한 공격 형태를 구사했다.

콰르르!

마혼도가 허공을 가를 때마다 땅거죽이 뒤집어진다. 강풍이 휘몰아치고 검붉은 마기가 해일처럼 엄습한다.

그야말로 한 치의 양보도 없는 팽팽한 대결.

두 사람은 오로지 서로의 목덜미를 뜯겠다는 일념 하나만으로 싸우고 또 싸웠다.

콰콰콰……

결국 큰 충돌과 함께 두 사람은 널찍이 떨어졌다.

"하아…… 하아……."

"후욱, 후욱……."

두 사람은 거칠게 숨을 몰아쉬며 서로를 노려보기만 할 뿐

아무런 말도 하지 않았다.

두 사람은 맹수였다.

아차 하는 순간 목줄이 뜯겨 나가고 마는 맹수.

그때였다.

콰콰콰쾅!

갑자기 커다란 폭발 소리가 좌측에서 울렸다.

엄청난 기파의 영향에 무성과 주호는 서로 약속이라도 한 듯이 그쪽으로 시선을 돌렸다.

상황을 확인한 순간, 무성의 낯빛이 굳었다.

'시작했나?'

살존은 문인산과 조철산 등 다섯 명의 고수들이 퍼붓는 맹렬한 합격진 속에서도 유유히 몸을 움직이며 그들을 상대하고 있었다.

절대 진법 속에 갇히지 않고, 오로지 장기인 신법에 의존한 채로 진법 외부를 겉돌면서 타격과 방어를 계속 했다.

철저한 유격전이다.

강호에서 제일 손꼽힌다는 신주삼십육성 중 다섯을 한꺼번에 상대하면서도 절대 꿇리지 않는 모습은, 그가 어떻게 삼존의 자리에 올랐는지를 잘 말해 주었다.

그나마 곤혹을 치르는 홍운재 장로들과 다르게 문인산만이 유일하게 살존의 움직임을 읽으며 검을 겨루었다. 눈을 잃고 난 후에 발달된 감각은 이미 예지 능력에 가까워져 살존의 움직임을 허투루 놓치지 않는 것이다.

한편, 이들과 다르게 홍염기군과 백호기군은 만야월의 맹렬한 공격 속에서도 방진을 굳게 갖추면서 반격의 기회를 노리는 중이었다.

만야월이 창이라면, 무신련은 방패.

말 그대로 모순(矛盾)의 대결이었다.

그래서 필요했다.

한 치도 밀리지 않는 두 모순 사이로 끼어들 칼날이.

"시작했군."

주호는 무신련과 만야월을 바라보며 흡족한 미소를 폈다.

모든 게 자신의 뜻대로 풀리고 있었다.

마신환상대진의 발진.

만야월의 개입.

그리고 무성까지도.

이 모든 계획들이 순조롭게만 풀린다면 무림과 황실, 두 가지 모두를 손에 넣을 수 있는 것이다!

"대공자를 비롯해 구대문파 고수들의 목이 모두 떨어지고 나면 야별성은 무신련뿐만 아니라 천하, 그 자체를 적으로 돌리게 돼. 분명 그게 안 좋은 걸 알면서도 이런 길을 택했단 것은…… 역시 그랬어."

무성의 눈이 차갑게 빛난다.

"무신련과 기왕부에게 이번 모든 죄를 뒤집어씌울 참인
가?"

"정답!"

이번에 세뇌된 실혼인들은 일이 끝나고 나면 구대문파로
돌려보낼 것이다. 그들은 야별성의 충실한 심복이 되어 무신
련을 향한 칼이 되리라.

"쌍존맹의 잔존 세력과 구대문파, 만야월 정도라면 무신련
을 무너뜨리지는 못해도 충분히 상대할 수 있겠지. 그동안 초
왕부는 기왕부를 휩쓸 테고…… 그 후에는 곧장 군사를 돌려
무신련을 지울 생각이야."

"똑똑해! 확실히."

따다당!

주호는 목젖으로 치닫던 이기어검을 옆으로 흘렸다.

무성이 반탄력을 이기지 못하고 한 발자국 물러서며 물
었다.

"하지만 아직 안 풀리는 게 있어."

주호는 흥미 가득한 얼굴이 되었다.

"뭐지?"

"그런 일들이 벌어지는 동안 야별성의 주요 세력은 뭘 할

생각이지?"

"글쎄. 맞춰 보지 않겠나?"

"현재 갑자기 나타나 강호 각지에서 소란을 일으키는 자들. 야별성인가?"

현재 천하는 소란스럽다.

북막에서는 기련노괴를 비롯한 고수들이 일어나 이북장성을 압박하고 있고, 해남에서는 바닷길을 건너온 해남검문이 운남을 위협한다. 서쪽에서는 소뇌음사가 꿈틀대며 동쪽을 엿보고 있다.

"그렇다면?"

"역시 그랬어."

무성의 눈이 깊게 침잠했다.

"이미 이번 행사는 단순한 구천마종의 출사표가 아니야. 야별성의 선전포고지. 초왕부는 어디까지나 야별성의 행사를 가리기 위한 위장에 불과했어. 그리고 새외에서 벌어지는 온갖 소란도 사람들의 눈을 어지럽히기 위한 방책에 불과했고!"

주호의 입꼬리가 올라간다.

단 몇 마디로 진실에 접근하는 무성은 정말이지 탐이 나는 인재였다.

"천하를 기만하면서 너희들이 하려던 것은 단 하나!"

"정답에 근접했구나."

주호는 무성의 말꼬리를 자르며 차갑게 웃었다.

"무신련이 쌍존맹과 만야월, 그리고 초왕부에 한눈파는 동안 새외에서 중원으로 들어온 것은 우리 구천마종뿐만이 아니다."

"역시……!"

주호가 차갑게 선언했다.

"우리 야별성, 전부 다."

第二章

야별성(夜別星)

동쪽에서는 무신련과 만야월이 부딪쳤다.

하지만 초왕부를 옥죄어 오는 손길은 동서남북, 사방을 가라지 않고 시작되고 있었으니.

* * *

저 머나먼 서쪽.

감숙과 청해를 잇는 기련산의 산맥 한쪽 구석. 황량한 사막의 바람이 불어 닥치는 곳에는 사람들이 쉽게 방문할 수 없는 자그마한 사찰이 하나 있다.

보유한 승려의 숫자는 고작해야 얼마 안 된다.

소림사, 아니, 오히려 그보다 더 오랜 전통을 자랑하는 사찰답지 않게 자그마한 규모지만 사람들은 안다.

그곳이 얼마나 위대한 곳인지!

오랜 세월 새외에서 교세(敎勢)를 뻗치고자 장성을 넘으려는 수많은 불교 종파들이 있었다.

천축의 각성자—흔히 '요기'라고 하는 이들이 뭉쳐 신비로운 이능과 초능을 부린다는 팔부중과 법왕 아래에 서장을 일통하며 욱일승천하는 포달랍궁.

이 두 곳은 서로가 밀교의 본지(本旨)를 이어받은 소승 불교의 적통이라며 싸움을 벌이곤 했다.

그러다 문득 두 곳은 머리를 맞대고 생각했다.

어째서 같은 형제인 우리가 이토록 싸워야만 하는가?

다른 어느 시기보다 최전성기인 지금의 이 힘을 더 뜻 깊고 위대한 곳에 뻗치는 게 좋지 않을까?

그렇다면.

과연 어떤 방법이 있을까?

그들은 궁리한 끝에 한 가지 결론을 내렸다.

동쪽으로 가자!

중원으로 가서 이단을 몰아내자!

달마라는 해괴한 마구니가 설파한 선종과 대승 불교를 밀어내고 우리들의 교세를 심자.

우리들을 이곳에서 가둬 두고 만 무신을 쓰러뜨리자.

바야흐로 성전(聖戰)의 시작이다!

천축에서는 팔부중의 여덟 요기들이 일어섰다.

천룡성왕(天龍聖王)을 필두로 한 구십구 명의 요기들은 명계에서 소환한 갖가지 마물들을 등에 이고서 출진했다.

날개 달린 코끼리, 소의 얼굴을 한 표범, 불길을 내뿜는 개, 핏빛으로 물든 괴조(怪鳥) 따위가 하늘과 대지를 뒤덮었다.

서장에서는 법왕 아래 천 명의 라마승들이 떠났다.

그 뒤로는 만 명의 동자승과 불목하니가 뒤따르면서 갖가지 요상한 악기를 두들겨 대고 불경을 암송했다. 부처의 말씀을 옮기는 불경은 그들의 심장을 뜨겁게 달구는 행진가였고, 삿된 가르침을 받은 중원인들에 대한 경고장이었다.

그렇게 막대한 무리가 기련산에 발을 들이던 그때.

그들의 앞길을 막는 존재가 있었다.

황색과 적색이 마구잡이로 뒤섞인 괴상한 가사를 입은 채 가만히 염주를 굴리는 노승. 툭 치면 쓰러질 것 같은 깡마른 체구에 가느다란 눈빛을 가진 자였다.

바로 소뇌음사의 주지, 혈법존자(血法尊者)였다.

기련산을 수천수만 명의 피로 물들여 시체의 산을 쌓은, 그 혈법존자가 바로 초왕부의 서문에 나타났다.

"이토록 많은 야차와 나찰들이 인세에 강림해 날뛰고 있으니. 슬프도다. 슬프도다."

염주를 굴리며 탄식을 금치 못한다.

하지만 슬퍼하는 말투와 다르게 입가는 미소를 물고 있었다.

잔혹한 미소를.

"그러니 우리 부처님들이 그 슬픔을 거둬 줘야 하지 않겠느냐."

스스스!

노승의 뒤편으로 음침한 기운이 마치 융단처럼 넓게 깔려 있었다.

그 기운이 차례대로 걷혔다.

그러자 드러나는 얼굴들.

도합 삼백에 달하는 승려들이다.

소뇌음사의 제석화마승(帝釋化魔僧)!

감숙의 아귀들이 이곳에 강림했다.

"모두 만상혼령대진(萬象魂靈大陣)을 펼쳐라!"

노승의 외침과 함께 제석화마승이 일사불란하게 움직인다. 서쪽 밀종에서 유행한다는 만다라진에 기초한 진법이었다.

타다닥!

그들은 일제히 바닥에다 불장을 찍으면서 정체를 알 수 없는 불경을 암송하기 시작했다.

"우—음파!"

대기가 불길하게 떨린다.

더불어 곳곳에 위치한 실혼인들의 광증과 마기가 더 짙어졌다.

실혼제명술!

여태 실혼인들을 제어하던 진짜 술자들은 구천마종의 이음맥이 아닌 바로 제석화마승이었다.

"카아아아악!"

"키키키키!"

암송이 길어지면 길어질수록 증상은 심각해진다.

그들의 목표는 실혼인들의 제어였다.

*   *   *

덥고 습한 십만대산의 대지를 건너고 나면 잔잔한 물결을 자랑하는 남해가 나타난다.

그 망망대해 한가운데에는 섬이 하나 있다.

해남도.

대륙에서도 한참이나 떨어져 있어 그 존재를 잘 알지 못하는 신비의 섬.

하지만 그렇기에 갖가지 신비와 상식적으로 판단할 수 없는 기행이 벌어지는 섬이다.

대륙에서 더 이상 발붙이지 못한 악적들이 도망치기 위해서 모여들기도 했고, 수행을 위해 은거할 장소를 찾다가 방문하기도 했으며, 인세에 존재하는 신비의 섬에 대한 소문을 듣고 호기심에 찾아오기도 했다.

덕분에 해남도는 갖가지 군웅상들로 뒤엉켰다.

그 때문일까?

해남도는 오랜 세월 간에 걸쳐 연원도 근원도 종류도 서로 다른 갖가지 세력들이 아귀다툼을 벌였다.

이유는 여러 가지였다.

패권을 쥐기 위해서.

과연 어느 신비가 제일인지 겨루기 위해서.

또는, 기행의 끝을 보기 위해서.

하지만 어느 누구도 끝을 보지 못했다.

한 세력이 득세를 한다 싶으면 거짓말처럼 외부에서 또 다른 세력이 들어와 그 세력을 거꾸러뜨린다. 그러면 또 내부에서 기형적으로 탄생한 새로운 세력이 외부 세력을 쓰러뜨리고, 이것을 또 외부에서 온 것이 쓰러뜨리길 수차례.

그러다 서로서로 간섭하고, 교류하며, 흡수하면서 아주 천천히 커다란 '틀'을 형성했다.

그리고 그 틀이 완성되는 날, 해남도가 평정되었다.

검을 든 한 무명의 검객에 의해서.

해남검제(海南劍帝) 모용경(慕容慶).

어린 시절 운남 점창산에서 아버지의 손을 꼭 잡고 조각배에 몸을 얹었던 소년은, 이제 해남도에 유일무이한 문파인 해남검문을 세우고 한 지역의 제왕이 되었다.

그의 앞에는 중원에서도 혀를 내두를, 아니, 경악에 잠기게 할 고수들이 항상 따라붙었다.

한때 모용경과 마찬가지로 해남도의 패권을 차지하려 했던 효웅들이고, 흔한 마공 따위 잡서로 치부하는 진짜 마귀들이었으며, 요행과 이법으로 단련한 요선(妖仙)들이었다.

모용경들은 그들을 앞에 두고 외쳤다.

"언제까지 이 좁은 해남도에서만 뒤엉킬 것인가?"

우리들이 여태 싸웠던 것은 해남도라는 자그마한 그릇으로 채우지 못할 만큼 넘치기 때문이다.

그러니 바다를 건너자.

지난 수백 년 동안 우리가 쌓은 것들이 평화로 점철되기만 했던 대륙 따위 넘볼 수 없다는 걸 가르쳐 주자.

신비와 기행이 무엇인지를 보여주자!

섬사람들은 하나같이 함성을 지르며 대륙으로 향하는 배

에 몸을 실었다.

그 숫자는 불과해야 일백 명.

너무나 적은 숫자였지만, 어느 때보다 기세가 흉흉했다.

그들이 가장 먼저 찾은 곳은 십만대산이었다.

해남도와 마찬가지로 중원에서 쫓겨난 갖가지 악적과 마두들이 숨어 있는 대지였지만, 고립된 생활만 고집해 온 그들은 해남검문의 상대가 되지 못했다.

더군다나 강남은 더 이상 쌍존맹의 지배가 닿지 않는 영역이 아니던가.

결국 광서에 이어 광동, 복건, 귀주 등이 단숨에 해남검문 손길 아래에 떨어졌다.

그리고 그들은 곧장 운남의 점창산으로 향했다.

구대문파이기도 한 점창파가 있는 곳.

또한, 모용경의 선친인 모용후(慕容侯)가 무신련에 대적하자며 끝까지 주장하다가 결국 억울한 누명을 쓰고 쫓겨난 애증의 땅이기도 했다.

모용경은 선언했다.

창산의 주인이 누군지 겨루자.

현재의 점창파 따위는 겁쟁이에 불과하니 그 주인을 자신들이 이어받겠노라.

그리고 또한 해남검문 문도들에게 말했다.

"이것은 나의 개인사. 그러니 나 혼자 나서겠다. 그러나 보라. 그대들이 뽑은 주인이 얼마나 위대한 존재인지를 보여주겠노라."

모용경은 검 한 자루를 쥐고 점창산에 올랐다.

점창파는 그에 맞서고자 오백 명의 사일검객들을 내보냈다. 여러 구대문파와 마찬가지로 오로지 무신을 잡고자 하는 바람으로 양성한 자들이었다.

하지만 오백 명의 사일검객들이 모두 피를 뿌리며 쓰러지는 데는 긴 시간이 필요치 않았다.

일검(一劍).

낙양을 베는 단 한 번의 칼질에 점창파는 기둥뿌리째로 뽑히고 말았다.

모용경은 초왕부의 남문에 섰다.

그는 눈살을 찌푸렸다.

"추악하군. 더럽고. 이걸 보고 있노라니 내 속까지 썩는 기분이야."

해남도에서 운남을 지나 이곳까지 오면서 그는 수하들과 함께 거칠 것 없이 내달렸다.

하지만 무인으로서 늘 정정당당한 승부만을 원하는 그로서는 해괴한 계략과 괴상망측한 술수를 부리는 놈들이 도무지 마음에 들지 않았다.

"키키키킥! 대륙 놈들이 다 그렇지 뭐."

"하긴 그런 게 약한 놈들의 특징이지."

"어차피 별 기대도 안 했잖아?"

"그냥 무시하고 우리는 우리끼리 날뛰자고, 문주."

뒤에서 불평불만 섞인 말이 잡다하게 울린다.

하나같이 하고 있는 행색도 색다르다.

척 보기에도 불편해 보이는 비단 옷을 입은 상인, 치렁치렁한 누더기를 입은 거지, 살벌한 기세를 띠는 살인마, 멍한 눈빛으로 하늘을 쳐다보는 바보, 주변 일에는 전혀 신경 쓰지 않고 공부하는 학자.

누가 보면 어디 여행을 떠나는 경극단처럼 보이나, 실상은 해남도를 떠나온 마귀들이다.

그때 모용경의 아우이자 오른팔인 모용도(慕容都)가 물었다.

"어떡할까, 형? 이대로 가만히 있을 수는 없잖아."

"구정물에 발을 들였다가는 나까지 더러워질 것 같군. 우리는 잠시 여기서 대기한다."

"하지만 딴 놈들이 화낼 텐데?"

"하! 내가 언제 그깟 놈들의 눈치를 봤지? 그리고 뒤로 빠지자는 게 아니다. 나중에 재미난 일이 생기면 그때 발이나 담

그자는 거지."

"하여간 잔머리는. 알았어. 자자, 다들 들었지? 우리는 전
부 구경한다!"

모용도의 외침에 마귀들이 다시 떠들썩했다.

"배 안 고프냐? 밥이나 좀 할까?"

"이렇게 시체가 가득한 곳에서? 밥이 넘어가나?"

"뭐 어때. 키키키킥! 음악이 깔리니까 기분만 좋구만."

야별성이 짜 놓은 계획이 있다.

하지만 그들은 굳이 따르지 않았다.

야별성 휘하의 성라칠문은 어디까지나 동등한 입장에 놓인
연맹체. 결의를 따르고 안 따르고는 수장의 마음이다. 한 발
늦는다고 해서 모용경을 지탄할 사람은 있을지언정 응징하려
는 사람은 없을 거다.

무엇보다 어차피 이런 혼전 따윈 그들, 철심검귀(鐵心劍鬼)
들에게 어울리지 않았다.

보다 더 화려한 무대가 어울린다.

스르르!

그들은 어둠 속으로 사라졌다.

화려한 무대가 나타나길 바라며.

*　　　*　　　*

장성을 넘은 저 머나먼 북쪽 대지 끝.

열사와 냉풍이 수시로 오고 가는 까닭에 달단의 유목민들도 거주하지 못한다는 북해에는 수백여 년간 한 가지 소문이 부유령처럼 떠돌아다닌다.

그곳엔 자신의 이름을 모르는 유령이 하나 있어 성불하지도 않고 북해 위를 계속 떠돌아다닌다고…….

초왕부의 북문.

"으으으음! 더워죽겠는데 꼭 일을 해야 하나?"

"주는 게 있으면 가는 게 있어야지. 땅을 내준다고 하지 않나? 그러니 해야지."

"이렇게 먼 길을 왔는데 바로 일이라니. 귀찮기 짝이 없군."

두 노인이 도란도란 이야기를 나눈다.

한 사람은 곰처럼 큰 덩치를 자랑한다. 등에는 웬만한 아름드리나무도 단칼에 거꾸러뜨릴 수 있을 것 같은 대도였다.

하지만 입고 있는 복장이 특이했다.

새하얀 곰 가죽으로 만든 옷과 장갑, 그리고 장화까지.

마치 저 머나먼 북해에서 온 사람들이나 입을 법한 복장이다.

이 무덥고 습한 강남에서 저런 복장이 가능할까 싶었지만,

노인은 꿈쩍도 않았다. 눈가에 송골송골 맺힌 땀과 짜증 섞인 눈매만이 그의 기분을 짐작케 해 줄 뿐.

대설도군.

기련산에서부터 천산, 그리고 저 멀리 곤륜에 이르기까지. 오로지 만년설이 내려앉은 산자락만을 누비며 유목민들로부터 신으로까지 추앙을 받는다는 존재.

한평생 절대 산을 떠난 적이 없다던 이가 먼 길을 걸어와 이곳에 등장했다.

그가 난생처음 이 먼 길을 온 이유는 간단하다.

무신을 꺾기 위해!

"끌끌끌끌! 어쩌겠나. 하라면 해야지."

반면에 반대쪽에 있는 노인은 대설도군과 다르게 크게 더워 보이지 않았다. 도리어 무엇이 그리도 재미난지 입가에 계속 웃음이 떠나질 않았다. 웃을 때마다 깡마른 체구가 무너질 듯이 떨린다.

기련노괴.

산속에 틀어박혀 자신의 영역에 접근하는 자들은 그 의사를 불문하고 목을 꺾어 버린다는 괴팍한 노인.

신주삼십육성 중 독행십웅에 꼽히는 초절정고수이기도 한 두 사람은 산을 무대로 살아가는 존재들답게 항상 부딪칠 수밖에 없었다.

한때는 본래 같은 영역을 공유하며 서로의 가족까지 죽이기도 했던 철천지원수이기도 했다.

하지만 오랜 세월과 아집으로 변한 원한은 그들을 변화시켰다.

"수다는 다 떨었나?"

그때 먼 허공에서 음산한 목소리가 울려 퍼졌다.

더불어 두 사람 사이로 한 줄기 바람이 불었다.

스르릭!

싸늘하면서도 으스스한 바람.

그 바람을 찢으며 한 땅달보가 천천히 튀어나왔다.

귓가까지 찢어진 것이 아닐까 할 정도로 커다란 입. 톡 튀어나온 송곳니. 실 바늘처럼 작은 눈매.

흉망(兇魍)이다.

저 머나먼 북해에서도 끄트머리에서 산다는 귀신.

"이곳을 넘으면 바로 무신을 만날 수 있다고?"

기련노괴가 고개를 끄덕였다.

"그래."

"부디 그자가 자네들이 말했던 것처럼 내 이름에 대해서 아는 자라면 좋겠군."

흉망은 한평생 북해 지역에서만 살았다. 그것도 종잡을 수 없을 정도로 아주 까마득한 세월 동안. 어쩌면 십 년일 수도 있고 백 년일 수도 있으며 천 년일 수도 있다.

그런 그가 북해를 벗어났다.

무신을 만나기 위해.

대설도군이 무겁게 고개를 끄덕였다.

"무신은 천하를 떠돌며 갖가지 신화와 전설, 민담 따위를 수집하기로도 유명했지. 그대라면 절대 후회하지 않을 걸세."

"그래야지. 만약 헛걸음을 한 것이라면……."

흉망의 자그마한 두 눈이 대설도군과 기련노괴를 한 차례 훑고 지나갔다.

"자네들의 어깨 위에 있는 게 남아 있지 않을 테니까."

"……!"

"……!"

대설도군과 기련노괴는 몸을 부르르 떨었다.

강호에 살존이니 검존이니 하는 자들이 있어 영명을 떨친다지만, 자존심 강한 두 마두는 두 사람을 취급도 하지 않았다.

하지만 두 마두가 세상에서 가장 두려워하는 존재가 있으니, 바로 무신과 흉망이다.

'이자라면 무신을 처치할 수 있다!'

비록 남의 손을 빌린다고는 하나, 지난 삼십여 년간의 치욕과 원한을 갚을 수 있는 것이다!

"그럼 시작하지."

이름을 찾고자 하는 일념 하나로 수만 리를 건너온 흉망이 손가락을 튕겼다.

탁!

지반이 살짝 흔들리면서 거품처럼 무언가가 뽀글뽀글 올라와 인간으로 변했다.

하지만 그들에게서는 일절 생기가 느껴지지 않았다.

안색이 창백하고 숨소리가 없다.

시신이다.

그것도 걸어 다니는 시신.

지난 세월 동안 북해에 떠도는 전설의 근원을 찾아보겠노라고 호언장담하며 길을 떠났던 자들이다.

달단의 용사, 중원의 고수, 새외의 승려들까지.

참으로 다양한 존재들은 북해의 냉풍과 열사를 건너지 못하고 흉망의 '일부'가 되었다.

흑시총(黑尸塚)의 귀영강시(鬼影殭屍).

흉망은 그들을 그렇게 불렀다.

"가자, 아이들아!"

우우—웅!

귀영강시들이 일제히 입을 벌리며 희귀한 소리를 내더니 언제 그랬냐는 듯이 그림자 속으로 녹아들었다. 그리고 그 그림자들은 전부 땅 위를 미끄러지며 흉망의 그림자로 흡수

되었다.

그림자를 흡수할 때마다 흥망을 둘러싸고 있던 생기도 서서히 엷어지더니 끝내 마지막 그림자까지 더해지자, 그의 존재감도 완전히 사라졌다.

마치 이름 그대로 망(魍), 도깨비라도 된 것처럼.

『앞장 서라.』

음산한 목소리는 심어가 되어 대설도군과 기련노괴의 귓속으로 파고들었다.

"그러지."

"예이, 예이."

대설도군과 기련노괴가 무겁게 고개를 끄덕이며 천천히 무대 쪽으로 걸음을 옮겼다.

흥망과 귀영강시들이 안 보였지만 걱정하지 않았다.

그들이 그림자 속에 있다는 것을 아주 잘 알고 있었기에.

그런 그때였다.

탁!

"도우들께서는 잠시 걸음을 멈춰주지 않으시겠습니까?"

그들의 앞을 가로막는 존재가 있었다.

뒷짐을 쥔 허허로운 인상의 선풍도골 노인이다.

"뭐냐, 너는?"

이제 좀 재미있게 놀아 보려는데 방해하는 놈이라니.

기련노괴가 눈살을 찌푸렸다.

노인이 가볍게 웃었다.

"빈도는 종남의 구양자라고 한다오."

＊　　　＊　　　＊

주호는 기분 좋게 웃었다.

"동에서는 만야월이! 서에서는 소뇌음사가! 남에서는 해남 검문! 북에서는 흑시총이 내려왔지!"

야별성은 강호의 음지에 기거하거나 새외에 존재한다.

그들이 혼란을 틈타 각자의 지역에서 꿋꿋하게 중원 한복판으로 몰려든 것이다.

"대체 그게 어떻게 가능한 거지? 단순한 눈속임이었다고 해도 그들의 눈을 피하는 건 또 다른 문제였을 텐데?"

소뇌음사는 팔부중, 포달랍궁과 삼파전을 벌이는 중이었다. 해남검문은 '창산의 주'라는 사건을 이유로 점창파와 전쟁을 치렀다. 흑시총은 만리장성이라는 거대한 성벽에 가로막혀 남하를 못 하는 중이었고.

"그야 간단하지 않으냐?"

"……?"

"모두 쓰러뜨렸지."

"……!"

무성의 눈이 부릅 떠졌다.

방금 주호가 내뱉은 말은 도무지 무시할 것이 못 되었다.

"팔부중은 이미 더 이상 천하에 존재하지 않는다. 포달랍궁의 잔재 세력은 소뇌음사에 고스란히 흡수되었지. 점창파도 마찬가지. 이미 해남검문의 검 아래에 무너진 지 오래다. 흑시총은…… 뭐, 간단하지 않은가? 괴이하기로는 최고인 자들이니 남하를 하는 내내 눈에 띄는 곳은 모두 무너졌지."

주호의 입가가 차갑게 번뜩였다.

"더불어 한 가지 덧붙이자면, 백산 진인이나 청운 도장 등이 오는 동안 이미 무당파와 화산파의 근원지도 파괴되었다. 흑시총에 의해."

"……!"

"쌍존맹의 잔존 세력과 맞부딪친 듯했다만, 흥망의 상대는 되지 못한 모양이더군."

주호는 어깨를 으쓱거렸다.

무성은 할 말을 잃고 말았다.

주호가 언급한 문파들 모두가 무신련이나 쌍존맹과 비교해도 절대 크게 뒤지지 않는 곳들이다.

그만큼 새외에서는 최강이라 불리는 이들이건만.

그들을 이미 쓰러뜨리거나 흡수했다고?

아마도 그 일들은 세간에 알려진 것보다 훨씬 빨리 이뤄진 모양이었다.

그동안 무신련은 철저히 정보전에서 농락당하고 있었던 셈이다.

무성은 이를 악물었다.

이미 녀석들은 판을 완성한 상태였다. 그들에게 유리한 쪽으로 무대를 모두 마련해 놓고서 무신련과 무성을 끌어들였다.

중원과 새외를 가리지 않고 천하 전반에 걸쳐 벌어진 일들.

제아무리 야별성이라고 해도 그게 쉽게 가능할까?

'아니. 가능해.'

마치 손바닥 위에 올라온 손오공을 구경하는 부처처럼 세상을 오시할 수 있는 존재가 야별성에 딱 하나 있다.

이미 기왕부에서도 겪어 보지 않았던가.

야별성을 위한 판, 그 위에다 주사위를 던질 사람.

"귀곡자도 왔나?"

*　　　*　　　*

넓게 펼쳐진 탁상.

그 위에 중원과 새외의 천하전도(天下全圖)가 놓였다.

탁!

천하전도 위로 큼지막한 손바닥이 올라왔다.

"멀고 멀기만 했던 길을 계속 돌고 돌아 결국 이곳까지 왔구나."

중년인, 귀곡자 유덕문이 차갑게 입을 열었다.

"탐랑께 전해라. 문인산의 목은 무슨 일이 있어도 반드시 취하시라고."

"존명!"

탐랑. 만야월의 살존을 말한다.

"거문(巨門)께는 아직 불완전한 마신환상대진의 완성과 함께 실혼인들에게 심혼령(心魂令)을 빨리 심어 달라고 하고."

"예!"

거문. 소뇌음사의 혈법존자를 가리킨다.

"염정(廉貞)의 성정이라면 지금쯤 한발 뒤로 빠져 계실 터. 번거로우시고 마땅치 않으시겠지만, 되도록 세뇌가 걸리지 않은 자들 중 쓸 만한 자들을 선별해 제압을 해 달라고 부탁드리어라. 이 귀곡자의 이름을 걸고 한 부탁이라 전하면 편의를 봐주실 것이다."

"알겠습니다!"

염정. 해남검문의 해남검제 모용경을 뜻한다.

"그리고 파군(破軍)께는……."

유덕문은 영 마음에 들지 않는다는 듯이 살짝 눈살을 찌푸리다 말했다.

"알아서 놀고 싶으신 만큼 노시면 된다고 전해라."

"복명!"

야별성을 이루는 일곱 개의 별, 제세칠성 중에서 문곡인 유덕문이 유일하게 다스리기가 어려운 존재가 바로 파군이다.

그들 중에 유일하게 무신과 부딪쳐 본 적이 없는 흑시총의 흉망.

제어할 수가 없다면 맘껏 날뛰도록 고삐를 풀어 두는 게 훨씬 속이 편했다.

지시 전달이 끝나자, 뒤에 대기하고 있던 모사들이 일사불란하게 움직인다.

이곳은 초왕부에서의 계획을 진행하는 중심지.

명령에 한 치의 오차라도 있어서는 안 된다.

"그리고 마지막으로."

현재 무곡인 창마는 모종의 임무를 띤 채로 잠수 중인 상황. 일곱 개의 별 중에 아직 언급되지 않은 별은 딱 하나다.

구천마종의 적룡마제 주호.

"녹존(綠存)께서는 이번에야말로 필히 마라혈붕의 목을 베어야 한다고 말씀드리어라."

유덕문이 목소리에 힘을 주었다.

          *   *   *

이 무대는 야별성이 마련한 함정이다.

아니, 정확하게는 발판이다.

드디어 음지를 벗어나 양지로 나서기 위한 발판!

"누구냐?"

"뭘?"

"너희들을 가장 위에서 조종하는 자."

무성의 눈에 잡힌 귀화가 서서히 끓어오른다.

"한데 뒤섞일 수 없는 너희들이 이렇게 같이 움직인다는 건
그만큼 구심점이 되는 존재가 있다는 뜻이지 않나?"

주호는 피식 웃었다.

"없다. 그런 거."

"아니. 있을 거다."

"글쎄. 있다면, 어디 한번 찾아보겠나?"

"해 보지. 얼마든지."

무성은 꽉 쥐고 있던 검을 세차게 측면으로 돌렸다.

검이 화살이 되어 쏘아진다.

주호는 마혼도로 땅을 세차게 찍었다.

콰콰쾅!

땅거죽이 뒤집히면서 일어난 거센 마기의 해일이 탄탄한 장벽이 된다.

그런데 바로 그 순간,

타다닥!

갑자기 무성이 주호에게로 달리다 말고 방향을 옆으로 꺾더니 마기의 해일을 걷어차는 게 아닌가!

발을 놀릴 때마다 해일이 출렁거린다 싶더니 순식간에 무성은 주호에게서 한참이나 떨어졌다.

주호가 상황을 뒤늦게 판단했을 때는 이미 무성이 사람들의 틈바구니 속으로 녹아들고 있었다.

순간, 주호의 두 눈이 경악으로 부릅떠졌다.

"서, 설마!"

녀석이 말하지 않았던가.

그들의 머리 위에 누가 있느냐고. 없다면 찾아보겠노라고!

"감히!"

주호는 분노를 터뜨렸다.

한평생 남들로부터 존경과 추앙만 받아 온 그로서는 '무시'는 절대 용서할 수 없는 능멸과도 같았다.

콰아앙!

주호는 땅을 으스러져라 밟으며 무성의 뒤를 쫓았다.

하지만,

쐐애애애액!

갑자기 이기어검 한 자루가 미간을 노리고 쏘아졌다.

마혼도를 거칠게 틀어 튕겨 냈지만, 이기어검은 마치 살아 있는 생명체처럼 도중에 방향을 꺾더니 이번에는 하체를 쓸어왔다.

주호는 마혼도로 이기어검을 내리찍으면서 그 위로 훌쩍 뛰어넘었다. 그러나 이기이검은 이번에도 강 속을 유영하는 물고기처럼 아주 부드럽게 목 쪽으로 치달았다.

따다당!

결국 주호는 이기어검 앞에 가로막히고 말았다.

"이 노오오오오옴!"

분노에 찬 고함 소리가 울렸지만, 이미 무성은 사람들의 틈바구니 속으로 녹아들고 없었다.

'이대로 주호를 꺾는다고 해도 시간이 너무 오래 걸려. 야별성이 간부들을 대거 끌고 온 이상, 주호와 비슷하거나 더 강한 존재들도 우글거릴 테지. 그들을 모두 막으려면 너무 늦어.'

무성이 봤을 때 주호와 계속 싸움을 벌이는 것은 시간 낭비가 따로 없었다.

그렇다면 방향을 다르게 돌려야 한다.

'우선 이들의 주박(呪搏)부터 끊어야 해!'

실혼인들을 지배하는 것은 마신환상대진이라는 진법이다. 가장 먼저 이것부터 끊어 놓을 필요가 있었다.

무성은 영통안을 크게 떴다.

순간, 대뇌 물질이 마구 분비된다. 망막에 절대 비칠 수 없는 갖가지 색채가 자리를 잡고, 세상이 점차 느려진다. 숨소리도, 거친 고함도, 세상도 조용해졌다.

…….

시간이 정지했다.

마치 전 방위에다 얼음이라도 분사한 것처럼. 공간 자체가 굳었다.

또한, 무성의 눈으로 새로운 세상이 들어왔다.

선으로 가득 찬 세계다.

붉고, 푸르고, 검고, 얇고, 진한 수백 수천 가지의 선.

그 선은 서로 얽히거나 연결되는 등 갖가지 방향으로 뻗쳐 있었다.

결.

묵혈관법을 풀어야만 겨우 억지로나마 볼 수 있었던 세상이 이제는 너무나 쉽게 보인다. 도리어 아주 희미해서 전에는 볼 수 없었던 결도 너무 쉽게 보였다.

천망회회 소이불실(天網恢恢疏而不失). 도가에서 말하는 하늘의 그물이 바로 이것이다. 불가에서 말하길, 제석천은 코가 주렁주렁 달린 그물을 지상에다 던졌다고 한다. 그것이 바로 이것이다.

결은 세상을 이루는 층인 것이다. 삼라만상의 이치를 구성하는 토대이기도 하다.

또한, 사람과 사람 사이를 잇는 인연의 실이다.

무성은 그중에서 검붉은 실을 찾았다.

아주 얇아 자세히 살피지 않으면 보이지 않는다. 하지만 보는 순간 느낀다. 아주 불길하다는 것을.

그물처럼 얽혀 있는 수많은 실 중에서 드문드문 그런 실들이 보인다. 그 실은 하나같이 실혼인들의 정수리 위로 떨어진다.

'이거다!'

이것이 아마도 마신환상대진을 이루는 심령이리라.

무성은 양손에 영검을 한 자루씩 꽉 쥐었다.

교차하며 허공에다 터뜨린다. 동시에 정지했던 시간도 다시 본래의 속도를 되찾았다.

퍼—엉! 쉬시시시식!

파산검훼! 수십 개의 검편이 허공을 질주한다.

검편은 무성이 점지한 검붉은 실에 모조리 적중했다.

퍼퍼퍼펑!

분명 아무것도 없는 허공이건만. 신기하게도 곳곳에서 폭죽이 터지는 듯한 소리가 울려 퍼졌다. 더불어 무언가가 끊어지는 듯한 소리도 같이.

그리고.

"키아아아악!"

"까아아아!"

실혼인들이 갑자기 제 머리를 쥐어뜯으며 고통에 찬 몸부림을 치기 시작했다.

그들을 제어하던 검붉은 실이 끊어지자, 세뇌를 작동시킨 실혼제명술도 같이 중단되고 만 것이다. 이는 곧바로 영혼에 상당한 타격으로 돌아왔다.

사람들이 방황에 잠긴다.

그런데도 동료들을 구할 생각을 미처 하지 못하고 주변에만 맴돌며 땀을 뻘뻘 흘려 댔다.

그럴 수밖에 없다. 실혼인들이 언제 다시 광증을 부릴 줄 알 수가 없으니.

하지만 그사이에도 실혼인들의 괴로움은 더 커졌다.

몇몇은 아예 바닥에다 피를 게워 내기까지 했다.

"지이이이인무우우우서어어어엉!"

저 멀리 실혼제명술이 깨진 데에 대한 주호의 노호가 사방을 쩌렁쩌렁하게 울렸다.

하지만 무성은 거기에다 눈길 하나 주지 않았다.

그는 여전히 실혼인들 사이를 누비면서 발을 쉬지 않고 놀렸다.

'이건 아직 단순한 미봉책에 불과해.'

저 멀리 분명 끊어졌던 검붉은 실이 다시 스멀스멀 올라온다. 아지랑이처럼 몸을 살랑살랑 흔들어 대는 검붉은 실은 다시 실혼인들에게로 뻗치려 하고 있었다.

'이걸 끝내려면 방법은 딱 하나.'

무성은 영검을 다시 뽑았다.

'뿌리부터 뽑아야 해.'

펑! 쉬시식!

다시 날아든 검편이 검붉은 실을 모두 끊어 버린다.

퍼퍼퍼펑, 폭죽이 터지는 소리가 동시다발적으로 울리는 가운데, 무성은 어느덧 뿌리에 당도할 수 있었다.

"다들 왜 이러느냐! 어서 일어나지들 않고!"

그곳엔 적색과 황색이 멋들어지게 염색된 가사를 입은 노승이 다른 승려들을 재촉하고 있었다.

머리를 빡빡 민 승려들은 하나같이 비틀대는 걸음으로 있거나, 아예 바닥에 주저앉아 속을 게워 내기까지 했다. 아예 절명한 자도 있었다.

'소뇌음사!'

처음 무성은 마신환상대진이 구천마종의 특술맥이 설치한 것으로만 알고 있었다.

그런데 실상은 따로 있었던 모양이다.

실혼제명술이 깨진 데에 대한 반발력으로 정신적 타격을 입었는지 만다라진이 일부 무너져 있었다.

무성은 지체하지 않고 다시 영검을 뽑았다.

징, 징—!

영검이 몸을 떨며 날아가고 싶다고 울어 댄다.

무성은 녀석들에게로 한 자루를 던졌다.

쐐애애애액!

영검은 이기어검이 되어 소뇌음사 중 가장 수장으로 보이는 노승에게로 치달았다.

第三章

가루라(迦樓羅)

"못난 놈들아. 어찌 이런 역경 하나 이기지 못하면서 어찌 사이비로 가득한 이곳 중원에다 이 부처님의 말씀을 전파하겠다고 하는 것인지. 쯧쯧쯧! 엄살 그만 피우고 일어나지 못하겠느……! 헉!"

어서 일어나라며 수하들을 힐난하던 노승, 혈법존자는 뒤늦게 이기어검을 발견하고 화들짝 놀랐다.

그는 반사적으로 손을 앞으로 쭉 내밀었다.

합장하고 있던 두 손이 피를 연상케 하는 혈광(血光)으로 번뜩인다. 혈법존자는 합장을 풀며 왼손을 앞으로 쭉 뻗었다.

그러자 손바닥이 크기를 더하며 이기어검을 튕겨 낸다.

퍼퍼펑!

혈광이 이기어검을 감싸 안더니 강제로 찢어 버린다.

혈법존자는 좌수를 안으로 거두는가 싶더니 이번에는 우수를 펼쳤다.

대수인(大手印)!

아니, 이건 혈수인(血手印)이라고 해야 할까?

포달랍궁에서 자랑한다는 대수인과는 비슷하면서도 다르다. 노승이 펼치는 대수인은 광명정대하지 않고 오로지 사특함과 불길함만이 감돌았으니.

혈수인은 대지 위를 미끄러지면서 단숨에 무성에게로 치달았다.

얼마나 빠른지 혈수인이 지난 자리에는 거친 먼지구름까지 일 정도였다. 거기다 땅에 길고 깊게 남은 고랑은 혈수인의 위력이 얼마나 무시무시한지를 말해 주었다.

타닥!

무성은 혈수인과 부딪치지 않고 도움닫기를 했다.

단숨에 오 장에 가까운 높이를 도약하더니 허공에서 제비돌기를 한다. 포물선을 그리며 떨어지는 그의 앞에는 어느새 혈법존자가 서 있었다.

그리고 내려치는 일격!

혈법존자는 다시 핏빛으로 물든 합장을 풀며 이번에는 쌍장을 앞으로 내질렀다.

두 개의 혈수인이 하나로 맞물리더니 큰 벽이 된다.

혈수벽(血手劈)!

콰콰쾅!

영검은 혈수벽을 뚫지 못했다.

하지만 위력은 충분했다.

반발력과 함께 혈법존자의 몸이 일 장이나 뒤로 길게 밀려나는 게 아닌가!

거기다 방금 전까지 무성 주변을 맴돌던 두 자루의 이기어검이 어느새 좌우에서 나타나 혈법존자의 옆구리를 가르고 있었다.

퍼펑!

"크음!"

혈법존자는 침음성을 흘리며 다시 두어 발자국 물러났다.

근엄하게 차려입었던 가사는 다 찢겨져 누더기가 되었다. 찢긴 옷자락 사이로 보이는 몸은 노인답지 않게 근육으로 가득했다. 상처는 깊게 나지 않아 피가 살짝 맺히는 정도였다.

이기어검을 정면에서 부딪쳤다는 것을 감안한다면 아주 옅은 상처다.

하지만 그것만으로도 혈법존자에게는 자존심이 상하는 일이었다.

고희(古稀, 칠십 세) 이후로 처음으로 보는 피였으니.

"팔부중의 팔신(八神)들을 모조리 때려잡을 때에도 이 부처님의 존체에 상처를 보지 못했거늘. 중원에 마귀가 많다 하더니 진짜로다. 아미타불!"

혈법존자는 두 눈을 번뜩이며 무성을 노려보았다.

"네놈이렷다? 감히 우리들의 행사를 방해한다는 혈붕인지 뭔지 하는 마귀가?"

무성은 대답하지 않았다.

그저 단숨에 녀석에게로 쇄도해 영검을 휘두를 뿐.

쾅!

"감히! 이 부처님의 말씀을 무시해!"

팔부중과 포달랍궁을 제압하고 서장에서 최고의 자리에 오른 혈법존자로서는, 자신을 무시하는 무성이라는 존재를 절대 용서할 수가 없었다.

특히 귀곡자 유덕문의 지시에 따라 심혼령을 심기 위해 펼친 만상혼령대진의 주문을 깨뜨린 것이 무성이란 게 확실해진 이상, 절대 살려 둘 수가 없었다.

혈법존자는 다시 한 번 혈수인으로 무성을 널찍이 떨어뜨린 다음 합장을 맺었다.

동시에 이어지는 수인(手印).

화—악!

혈법존자가 발로 땅을 딛고 있는 자리에서부터 파문이 인다. 핏빛으로 번뜩이는 파문에서 일렁거리는 아지랑이와 바람은 그가 입고 있던 가사를 깃발처럼 펄럭였다.

손동작이 빠르게 이어지면서 그를 감싸는 아지랑이와 강풍도 더 진해졌다.

"움—타!"

거친 진언과 함께 마지막 수인이 맺히자, 그의 몸이 혈광에 휩싸였다.

핏빛 기운은 곧 용의 형태가 되어 혈법존자의 주변을 뱅그르르 맴돌았다.

혈룡법기강(血龍法氣罡)!

혈법존자의 독문절학, 혈룡법기강은 혈룡의 형태를 띠는 강기다. 언제나 시전자의 주변을 맴돌며 그를 보호하다가 적의 약점을 발견하면 득달같이 달려들어서 찢어발긴다.

크아아아!

혈룡이 무성을 향해 소리 없는 포효를 내지르더니 무성에게로 달려든다.

무성은 오른손에 쥐고 있던 영검을 날렸다.

뱅그르르, 회전을 시작한 영검은 륜의 형태를 띠며 혈룡의 잇속으로 파고들었다.

콰콰쾅!

영검은 혈룡의 목을 베기 위해, 혈룡은 영검을 물어뜯기 위해 충돌을 반복한다.

그때마다 강대한 폭발이 계속 이어졌다.

"어린 마귀야. 어떻게 적룡마제에게서 벗어났는지는 모르겠으나, 묻지는 않으마. 하지만 이것만은 알아두어라. 이 부처님은 그 멍청한 마제 녀석과 다른 몸이니 하늘 밖에 하늘이 있음을 가르쳐 주겠노라."

혈법존자는 시야에 무성을 단단히 담았다.

그는 어떻게든 무성을 죽일 생각이었다.

나이도 어린 것이 벌써부터 금강불괴인 자신의 법체에다 상처를 냈다.

거기다 심혼령의 실까지 읽어 내고 있지 않은가.

'영통안이라니. 정말이지 불길한 존재로다. 소림의 방장이 갖고 있다는 말은 들었으나, 저런 아이까지 갖고 있다면……절대 내버려 둘 수가 없음이야. 앞으로 두고두고 이 부처님의 말씀을 방해할 자로다.'

무신 백율도 증오스럽거늘, 어찌 하늘은 저런 마귀를 또 중원에다 허락했단 말인가!

저런 존재가 앞으로 더 성장하게 된다면 향후 백 년간 소뇌음사는 중원 쪽으로 발길도 못 들이리라.

혈법존자는 저 멀리서 몸을 추스르고 있는 제석화마승들에게로 전음을 보냈다.

『내가 이 마귀를 때려잡는 동안 네놈들은 다시 만상혼령대진을 갖추라. 이제는 심혼령을 방해할 작자가 없으니 실패해서는 아니 되느니라.』

제석화마승들은 알겠노라고 고개를 끄덕이며 다시 진법을 갖추기 시작했다.

심혼령을 위한 주문식이 시작되는 것을 확인한 직후에야 혈법존자는 새로운 수인을 맺었다.

"무─움!"

몸을 감싼 핏빛 광채가 떨린다.

혈룡은 주인의 생각을 읽고 똬리를 풀면서 아가리를 크게 열어젖혔다.

무성을 물어뜯기 위해!

콰콰콰!

지반을 있는 힘껏 부서뜨린다. 혈룡이 땅거죽을 크게 일으키며 단숨에 무성을 집어삼키려 했다.

'마귀야, 네놈은 이제 더 이상 날뛸 수 없을 것이다.'

녀석이 제아무리 날쌔다고 해도 피할 수 없으리라.

혈룡의 몸통은 혈법존자를 감싸고 있다. 이 혈룡을 거꾸러뜨리지 않으면 혈법존자를 잡을 수 없다. 무성은 억지로 정면 돌파를 할 수밖에 없는 상황이었다.

혈룡을 눈앞에 맞닥뜨린 무성은 너무나 위태롭게만 보였다.

하지만,

"누가 당신과 싸운다고 했지?"

"뭐?"

콰직!

혈룡이 무성을 와그작 씹어 먹는다. 아니, 씹었다고 생각했는데 그 속엔 아무것도 없었다. 텅텅 비었다.

대신에 무성은 몸을 뒤로 내빼고 있었다.

삽시간에 혈법존자와의 거리가 오 장 이상 멀어졌다.

"무슨 짓을 하……! 서, 설마!"

직선으로 물러서던 무성의 몸이 곡선을 그린다.

그리고 그가 닿는 곳에는,

"화마승들아! 피해라!"

진법을 갖추던 제석항마승들이 서 있었다.

그들은 어느새 목전까지 치달은 무성을 발견하고 기겁을 했다.

보통 때라면 절대 무서울 것이 없으나, 실혼제명술이 실패하면서 내상을 크게 입은 상태다. 거기다 지금은 혈법존자에게 전황을 모두 맡기고 주문을 외던 와중이니 함부로 몸을 내뺄 수도 없었다.

동작 하나, 숨소리 하나 틀려도 틀어질 수 있는 것이 바로 주문이었으니!

무성은 어느새 뽑아든 영검을 터뜨렸다.

파산검훼!

콰콰콰!

바로 앞에서 터진 파산검훼의 위력은 대단했다.

검편은 바로 전면에 있던 제석화마승들을 깡그리 쓸어버렸다. 시체조차 온전히 남기지 못한 채로 육편이 되어 샅샅이 흩어진다.

"크아아아악!"

"커어억!"

무성은 거기서 그치지 않았다.

진법 한가운데로 파고들더니 이번에는 왼손을 휘둘렀다.

콰르르르릉!

거친 폭음과 함께 다시 쓸려 나간다.

두 번.

딱 두 번에 불과했다.

팔부중의 천룡팔천탑(天龍八天塔)을 기둥뿌리째로 뽑아 버리고, 백팔나한진에 버금간다는 포달랍궁의 다라만진(多羅萬

陣)을 사막 한가운데에다가 묻어 버린 제석항마승 중 육 할을 날려 버리는 데 필요한 손동작의 숫자는.

"도, 도망쳐!"

"아수라다! 아수라가 우리를 잡으려 한다!"

제석항마승들은 무성을 피해 달아나고자 했다.

이미 그들의 머릿속에는 진법도 주문도 들어 있지 않았다.

그저 살겠다는 원초적인 본능 뿐!

명칭처럼 그들은 스스로를 제석천의 화신이라 여긴다. 그런 자신들을 마구 학살하는 무성은 인세에 강림한 아수라였다.

하지만 무성은 절대 놈들을 놓치지 않았다.

몇 번이고 파산검훼를 터뜨려 놈들의 등 뒤를 후려친다. 범위가 닿지 않는 곳으로 떨어진 놈에게는 직접 몸을 날려 영검을 꽂았다. 공력이 말라 간다 싶으면 마령주와 금구환을 충돌시켜 부족한 양을 채웠다.

그야말로 학살극이 따로 없다.

삼백에 달하던 제석항마승은 단숨에 오십 명 아래로 줄어 버렸다.

"이 노오오오오옴!"

혈법존자는 분기를 터뜨리며 다시 수인을 맺었다.

혈룡이 당장 무성에게로 움직이려 했지만 뜻을 이루지

못했다.

콰콰쾅!

이기어검은 절대 혈룡의 접근을 불허하겠다는 듯이 계속 날뛰었다. 몸뚱이에 박혀 상처를 크게 내기도 하고, 목을 찔러 머리를 거의 동강 내기 직전까지 가기도 했다.

혈룡은 마치 모기처럼 알짱거리는 이기어검을 어떻게든 물리치고 싶었지만, 요리조리 잘 빠져나가는 녀석을 잡을 방도는 어디에도 없었다.

속이 터져 나가는 것은 혈법존자였다.

심령으로 연결되어 있어 자유롭게 다룰 수 있는 이기어검과 다르게 혈룡법기강은 혈법존자, 그 자신 그 자체라고 해도 과언이 아니었다.

불가에서 말하는 화신(化身)의 일종이었으니.

결국 혈법존자는 혈룡법기강을 발휘해 몸을 보호하고 적을 압도적으로 누를 수 있으나, 정작 자신의 몸은 움직일 수 없다는 치명적인 약점이 있었다.

하지만 그동안 그 약점이 약점이라 여긴 적은 단 한 번도 없었다.

혈룡 앞에서 당적할 수 있는 것은 어디에도 없었으니!

하지만 무성은 이런 혈법존자의 치명적인 약점을 꿰뚫어 보고, 주호의 발을 묶었을 때처럼 이번에도 이기어검을 한 자루 떼어 놓아 혈법존자의 방해를 막았다.

그사이 제석화마승에 대한 사냥은 계속 이어져 결국 마지막 남은 녀석까지 제거할 수 있었다.

"죽어서도 네놈을…… 용서치 않으리라!"

서걱!

원한 섞인 유언을 끝으로 마지막 제석화마승의 머리통이 허공으로 떠올랐다.

무성은 주변을 둘러보았다.

온통 시신으로 가득하다.

보는 것만으로도 헛구역질이 날 정도로 처참한 광경이었지만, 무성은 이기어검을 두 자루 뽑아 그 위에다 다시 한 번 파산검훼를 터뜨렸다.

콰콰콰쾅!

검편이 몇 번이고 지반을 두들긴다.

지반이 수십 수백 개로 갈라지고, 땅거죽이 뒤집힌다.

그런데도 검편의 폭격은 계속 이어졌다.

먼지구름이 떠오르다 검편이 헤집고, 다시 먼지구름이 떠오르다가 폭격이 짓누르기를 수십 차례.

결국 한참 후에야 검편 세례가 끝을 맞았다.

쿠쿠쿠…….

거친 소란을 뒤로하고 모래 안개가 뭉게뭉게 피어오른다.

무성이 허공에다 가볍게 손짓을 하자 바람이 불어오며 안개를 모두 치웠다.

폭격이 가해진 자리는 과연 사람이 발을 붙일 수 있을까 싶을 정도로 엉망이었다.

하지만 무성은 어려움 없이 중심지에 다가갔다.

부서진 지반 더미를 파헤치자, 사람 주먹만 한 크기의 구슬이 나타났다.

"이거군."

회색 빛깔로 빛나는 구슬 표면에는 기이한 형태를 가진 하얀색의 무늬들이 언뜻 나타났다가 사라지기를 반복했다.

무성의 눈에는 보였다.

구슬 주변으로 맴도는 수천 가지의 망령들이.

끼아아아!

녀석들은 구슬에 단단히 붙들려 사역을 당하며 강제로 음기를 빼앗기고 있었다. 구슬은 이 음기를 바탕으로 실혼제명술과 마신환상대진을 구성하는 환소를 생산했다.

이 구슬이 모두를 구축하는 중심, 마렴구(魔斂球)다.

무성은 새로 뽑은 영검을 역수로 쥐고 내리꽂았다.

퍽!

마렴구는 너무나 손쉽게 갈라졌다.

그리고,

끼아아아아아아아!

여태 무성의 귓가에만 울렸던 망령들의 울부짖음이 초왕부 전역으로 뻗쳤다. 마렴구에 갇혀 있던 망령들은 속박이 끊어지자마자 곧장 하늘로 날아올랐다. 성불이었다.

파스스.

결국 성질이 다한 마렴구는 끝에서부터 천천히 가루가 되어 사라졌다.

무성은 일을 마치고 몸을 반대로 돌렸다.

그곳에는 여전히 이기어검과 치열한 싸움을 벌이는 혈룡이 있었다. 찢기고, 뜯기고, 찔리는 가운데에서도 혈룡은 이기어검을 잡으려고 발버둥을 쳐 댔다.

수하들이 모두 죽고 혈룡마저 수세에 몰린 상태에서도 혈법존자는 무성을 바라보고 있었다.

더 이상의 분노는 온데간데없이 무미건조한 눈빛이다.

"불가를 수호하는 신조(神鳥) 중에 가루라(迦樓羅)라는 것이 있다. 금빛 깃털을 가져 달리 금시조(金翅鳥)라고도 하지."

혈법존자의 눈에 이기어검은 새로 보였다.

혈룡을 잡아먹으려는 신조.

"한데, 그 가루라는 크기도 작으면서 제 몸집의 수십 배나 되는 용을 사냥해 살코기를 먹고 산다고 한다. 네놈이 바로 그런 놈이구나."

무성의 별호도 마라혈붕이다.

"네놈은 단순한 붕이 아니다. 가루라지. 그러니 조금만 기다려라. 이 부처님이 직접 네놈의 양 날갯죽지를 찢어버릴 것이니."

무성은 혈법존자의 말을 묵묵히 듣다가 입을 열었다.

"이미 늦었소."

그의 시선이 혈법존자의 눈으로 향한다.

"당신의 법체는 더 이상 존재하질 못하니."

그의 말이 끝나기 무섭게,

파스스!

갑자기 불어오는 바람에 혈법존자가 입고 있던 가사가 모래바람처럼 날리기 시작했다.

끝에서부터 아주 천천히.

가루가 떨어져 나간다.

가사뿐만 아니다. 그의 육신 전체가 그랬다.

다리가 부서지고, 팔이 일그러지며, 몸이 망가진다.

마치 파도에 허망하게 휩쓸리는 모래성처럼 혈법존자의 육신도 흩날렸다.

마렴구, 무성이 부쉈던 구슬은 그냥 단순한 진축이 아니다.

혈법존자가 백여 년간 참오 끝에 탄생한 사리이며 법신이다. 법력의 총화이며 수행의 정수다. 영혼, 그 자체라고 해도 과언이 아니다.

그것이 부서졌으니 영혼도 같이 붕괴된다.

단신으로 포달랍궁과 팔부중을 거꾸러뜨렸던 존재는, 너무 어이가 없을 정도로 허망하게 쓰러졌다.

하지만 혈법존자는 죽음을 눈앞에 두고도 두려워하는 기색이 전혀 없었다.

생과 사는 어차피 동전의 양면과도 같은 것.

깨달음을 얻은 고승에게는 열반이란 기나긴 수행의 세계일 따름이다.

그러나 미련은 남아 있었다.

"아니. 이 부처님은 돌아올 것이니라."

혈법존자는 말에 힘을 담았다.

이내 무성은 묵묵히 고개를 끄덕였다.

"기다리겠소."

"얼마 걸리지 않을 것이니라."

무성은 혈법존자가 완전히 사라지는 것을 확인한 후에야 몸을 물렸다.

아직도 해결해야 할 것이 많았다.

*　　*　　*

마렴구의 파괴는 곧장 초왕부 곳곳에 영향을 미쳤다.

"크어어억!"

"도장!"

"정신 차리십시오, 사숙!"

쨍그랑!

백산 진인이 송문고검을 바닥에 떨어뜨리더니 갑자기 제 몸을 부둥켜안으며 비명을 지른다.

그뿐만이 아니다.

그와 함께 마성에 젖었던 무당파 제자들 모두가 괴로워했다. 두 눈이 뒤집히고, 땅에 주저앉는다. 몇몇은 아예 바닥에다 피를 게워 내기까지 했다.

"크르르⋯⋯!"

하지만 비교적 멀쩡한 도사들은 미처 백산 진인 주변으로 다가가지 못했다.

분명 백산 진인을 감싸던 마기는 수그러들었다.

그러나 여전히 광증이 남아 있는지 두 눈이 핏발에 젖었다. 간간이 고개를 들 때마다 비치는 모습은 흉포하기까지 해서 두려움을 일게 만들었다.

그렇다고 해도 사문의 존장을 계속 내버려 둘 수는 없지 않은가.

특히나 백산 진인은 사문을 잃은 후 도사들에게 아버지와
도 같은 존재였다. 그가 다치거나 죽는다는 것은 절대 있을
수 없는 일이었다.

지금 이 순간에도 백산 진인의 칠공에서는 피가 줄줄 흘러
내리고 있었다.

이대로는 과다 출혈로 횡사를 당할지도 모르는 상황.

다들 발만 동동 굴릴 때였다.

"모두들 잠시만 비켜주시겠소?"

갑자기 뒤편에서 들린 목소리에 도사들이 고개를 돌렸다
가 하나같이 인상을 굳혔다.

"마라혈붕!"

"어느 안전이라고 네놈이 이곳에……!"

무당파 도사들은 하나같이 검을 뽑으며 무성에게 으르렁
거렸다.

특히 대제자 송학(松鶴)의 분노는 가장 컸다.

무성이 저지른 간악한 계책 때문에 죽은 사형제의 숫자가
얼마던가. 부디 복수를 해 달라며 원통함을 외치던 사부의
모습을 아직도 잊을 수가 없다.

그런데 여기가 어디라고 뻔뻔한 낯짝을 들이민단 말인가!

하지만 무성은 태연했다.

"당신들의 존장을 구하지 않을 참이오?"

"무, 뭣이?"

허리춤 쪽으로 손을 가져가던 송학의 움직임이 우뚝 멈췄다.

"백산 진인, 내가 구해드리겠소."

"네놈이 어디서 간악한 술수를 부리려……!"

"지금 당장 당신들이 할 수 있는 일이 있소?"

"……!"

송학의 눈동자가 떨린다.

"당신들과 달리 나는 진인을 구할 방도가 있소."

"……."

송학도 도사들도 모두 말을 잃었다. 입을 꾹 다물었다.

싸늘한 적막이 그들 사이로 감돌았다.

"진인을 구하고 싶다면 빨리 비켜 주시오. 시간이 늦을수록 가능성도 그만큼 줄어드니까."

송학은 한참이나 무성을 노려보았다.

녀석의 진의를 짐작키 위해.

무당파에게 해를 끼친다고 할 때는 언제고 왜 지금은 도와준다고 하는가?

단순히 위기를 타개할 아군을 마련하기 위해 그런 것인가? 아니면 또 다른 꿍꿍이가 있는가?

그러나 무성은 자신에게 쏟아지는 수많은 살벌한 살기를

눈앞에 두고도 전혀 아무런 미동도 없었다.

두 사람 사이에 벌어지는 차가운 눈싸움 사이에서 도사들만이 발을 동동 굴렸다.

"대사형!"

사제의 외침에 결국 송학은 길을 내줄 수밖에 없었다.

"좋다! 단, 허튼수작을 부린다면 주저치 않고 네놈의 목을 끊을 것이다!"

"좋소."

무성은 송학을 지나쳐 백산 진인 앞에 섰다.

"카아아아!"

백산 진인이 송곳니를 잔뜩 드러내며 으르렁거린다. 마치 궁지에 내몰려 최후의 발악을 해 대는 들개 같은 모습이다.

언제나 사람들에게 따스한 미소를 보여주던 인자한 백산 진인은 대체 어디로 갔단 말인가.

"미안하오."

아주 작은 혼잣말.

그것은 무당파를 혼란케 하고 지금의 난고를 치르게 만든 지난날에 대한 속죄였다.

하지만 무성은 그 사실을 후회하진 않았다.

그때는 그것이야말로 자신이 할 수 있는 최대의 길이었으니.

또한, 귀병가라는 조직을 이끌게 된 지금에는 사과를 함부로 할 수 없는 입장이 되었다. 수장의 사과는 조직의 위계를 뜻하는 것이니. 그렇기에 아주 작게 말했다.

하지만 그 정도로도 백산 진인에게는 충분히 닿은 듯하다.

가래 끓는 소리가 점차 줄어들었다.

두 눈도 어느 정도 탁기를 잃고 아주 작게나마 포물선을 그린 것 같다는 생각은 무성만의 착각이었을까?

백산 진인은 눈빛으로 뭔가를 말해 주는 듯했다.

"……고맙소."

무성은 검지로 백산 진인의 이마를 짚었다.

툭!

백산 진인의 두 눈이 뒤집힌다. 그는 조용히 뒤로 넘어가 스르르 잠들었다.

무성은 다른 실혼인들에게도 똑같이 행동했다.

이마를 찍을 때마다 실혼인들은 언제 그랬냐는 듯이 정신을 잃었다.

"사숙!"

송학과 도사들이 달려와 백산 진인과 다른 실혼인들을 추슬렀다.

"대체 무슨 짓을 저지른 거냐?"

"상단전에 자리 잡은 마성을 모두 제거했소. 지금은 그 충격으로 잠든 것일 뿐이니 정신을 차리면 원래의 기색을 되찾을 것이오. 상황이 이래서 위험하긴 하겠지만."

송학은 백산 진인의 맥을 짚어보았다.

다행히 맥은 정상이었다.

그리고 무슨 짓을 저질렀는지는 몰라도 탁기나 마기의 잔재가 없었다. 말끔했다.

송학의 눈썹이 파르르 떨렸다.

"대체 원하는 게 뭐냐?"

"없소."

"뭐?"

"굳이 따지자면 여기를 빠져나가는 것이지."

무성은 그렇게 말을 하고는 몸을 돌렸다.

"날 믿으라는 말은 하지 않겠소. 하지만 이곳을 무사히 빠져나가고 싶다면 동북쪽, 무천전 쪽으로 가시오."

"무슨……!"

송학이 뭐라고 말을 하기도 전에 이미 무성은 딴 곳으로 사라지고 없었다. 다른 도사들도 전부 어안이 벙벙한 눈치였다.

"대사형, 어쩌실 겁니까?"

도사들이 송학에게로 시선을 돌린다. 백산 진인이 정신을 잃은 지금은 송학이 그들의 수장이었다.

송학은 아랫입술을 질끈 깨물다가 크게 외쳤다.

"어쩔 수 없지 않으냐. 모두 무천전으로 움직인다!"

쿵!

"크허어억! 빌어먹을……!"

청운 도장은 바닥에다 무릎을 찍으며 신음을 토했다.

몸을 강제로 구속당하던 내내 그는 의식 뒤편에서 몇 번이고 비명을 질렀다.

비참하기 짝이 없는 이 현실에!

마인 따위에게 농락당했다. 한평생 무신을 제외하고는 어느 누구도 감당할 수 없을 거라 자부했던 사문의 무공이. 너무나 쉽게 부서졌다.

그래. 그건 가능하다 치자.

이쪽도 오만하게 놈들을 굽어다 봤으니.

하지만 이 꼴은 대체 뭐란 말인가!

"크아아아아!"

"끼이이!"

모두 대 화산파를 이끌 기재들이다.

그들이 전부 미쳐 날뛴다. 나머지는 서로가 서로를 죽이려 검을 휘두른다. 심지어 그 속에는 청운 도장마저 섞여 있었다.

어떻게든 몸의 제어권을 되찾고 싶었지만, 이상하게도 꿈쩍도 않았다.

마치 가만히 앉아서 한 편의 경극이라도 보는 듯한 기분이었다.

그러다 세뇌가 갑자기 뚝 끊겼다.

다행히 제어권을 되찾을 수 있었지만, 그 뒤에 찾아온 막대한 고통이 그의 몸을 짜부라뜨릴 것 같았다.

그런 그때, 갑자기 눈앞에 한 젊은 사내가 섰다.

"뭐……냐?"

진한 이목구비가 인상적인 청년이다.

마라혈붕이라고 했던가?

꼴 보기 싫은 무신련에다가 엿을 먹였다던 그 녀석.

"다행히 당신은 정신을 차리고 있구려. 잘 되었소. 마기가 사라지고 나면 남은 이들을 추슬러 무천전으로 움직이시오. 서둘러야 하오. 시간이 없으니. 무천전의 위치는 아시오? 안다면 눈을 깜빡이시오."

대체 뭘 하려는 것일까?

청운 도장은 도무지 영문을 몰랐지만, 본능적으로 알 수 있었다.

'이놈, 방책이 있다!'

도무지 해결책이 없어 보이는 지금의 난관을 타개할 방책이 있는 거다.

청운 도장은 억지로 눈을 크게 깜빡였다.

다행히 마위경연이 시작되기 전에 초왕부를 관찰할 목적으로 구석구석을 누빈 덕분에 각 건물의 대략적인 위치는 숙지하고 있었다.

"좋소. 그럼 바로 움직이시오."

탁!

무성이 검지로 미간을 찍었다.

그러자 갑자기 물로 씻은 듯이 몸을 속박하던 고통이 싹 사라지는 게 아닌가!

"대체……!"

청운 도장이 뭐라고 말을 하기 위해 고개를 들었지만, 이미 무성은 사라지고 없었다.

그는 천천히 자리에서 일어났다.

"도장! 몸은 괜찮으십니까?"

"뭘 그리 호들갑이냐. 누가 죽기라도 했더냐?"

청운 도장은 걱정하는 제자들을 제지하며 주변을 둘러보았다.

곳곳에 쓰러진 제자들이 보였다.

"다른 놈들은?"

"그것이…… 마라혈붕이란 자가 나타나 이마를 찍더니 전부 기절을 했습니다. 어찌해야 할까요?"

도사들은 전부 어안이 벙벙한 눈치였다. 그도 그럴 것이 방금 전까지 동료와 사형제들을 죽이려 미쳐 날뛰던 놈들이 갑자기 쥐 죽은 듯이 잠들고 말았으니. 그들은 청운 도장도 은근히 경계하는 모습이었다.

"어쩌긴 뭘 어째? 사형제들을 버리고 갈 참이냐? 모두 업어라."

"예!"

"그리고 우리 말고도 동료 없이 쓰러진 자들이 있다면 전부 부축해 주어라."

"네, 네?"

도사들은 돌아서려다 말고 화들짝 놀랐다.

마치 자신들이 뭔가 잘못 들은 게 아니냐는 듯이.

오만하기 짝이 없어 세상에 자신과 사문만이 있다고 여기던 청운 도장이, 다른 사람들까지 구하라고 했다고?

하지만 청운 도장은 도리어 뭐가 잘못되었냐는 듯이 인상을 찡그렸다.

"다들 빠릿빠릿하게 움직이지 않고 뭣하고 있는 게냐! 서두르지 않고! 갈 길이 멀다. 서둘러!"

"옙!"

그제야 도사들도 다급히 움직였다.

* * *

무성이 들린 곳은 무당파와 화산파 뿐만이 아니었다.

태극문, 천라문, 신검보를 비롯한 일반 문파들뿐만 아니라 낭인들의 무리까지.

아직 다치지 않은 실혼인들을 일일이 찾아다니며 그들의 미간을 짚어 상단전에 자리 잡은 심혼령을 모두 제거하는 데 힘썼다.

그때마다 막대한 심력을 소비해 몸의 피로도 점차 늘었지만, 그는 개의치 않고 작업을 계속했다.

시간이 갈수록 동북쪽 무천전으로 발걸음을 옮기는 무사들의 숫자가 많아졌다. 십여 명으로 시작했던 인파는 곧 백여 명으로 불어났다.

당연히 그 앞을 마인들이 막아섰다.

"키아아아악!"

"단 한 놈도 보낼 순 없다!"

구천마종의 마인들에게 내려진 명령은 단 하나.

한 놈도 살려 보내서는 안 된다!

당연히 여기에 맞서고자 하는 무인들의 저항은 험난하기

짝이 없었다.

인파의 선두엔 무당과 화산이 섰다.

"단 한 사람도 낙오자를 둬서는 안 된다!"

"길을 열어라! 모두 죽음을 불사하고 활로를 열어라!"

"무당과 화산의 이름으로! 원시천존의 명예를 걸고 이들을 위해 목숨을 던져라!"

죽음을 불사하고 마귀들의 인파를 헤치며 전진한다.

마치 그 모습이 물밀 듯이 닥쳐오는 해일을 물리치면서 꾸역꾸역 상류로 전진하는 조난선처럼 보였다.

하지만 가는 길이 마냥 순탄치는 않았다.

콰콰쾅!

무성이 걸음을 옮길 때마다 폭발이 일어난다.

그럴 때면 마인들이 피를 토하며 튕겨 나가거나, 사지 중 어느 한 군데를 깊게 배인 채로 쓰러졌다.

마인들은 어떻게든 인파의 움직임을 막으려 들었다.

한 번 생긴 균열은 전체로 퍼져 나갈 수 있는 법.

그것을 봉합하려 하는 것이다.

쾅!

"이 이상 앞으로는 아무도 가지 못한다!"

진각을 세게 밟으며 누군가가 앞을 가로막는다.

저 멀리 청운 도장의 인상이 일그러졌다.

마위경연에서 자신에게 패배를 안겼던 염룡마장이 서 있는 게 아닌가.

축일맥의 마인, 아니, 구천마종의 마인들을 몽땅 끌고 온 것인지 그의 주변에는 갖가지 마기를 뿌려 대는 마인들이 즐비하게 서 있었다.

잠시간 벌어진 대치.

염룡마장은 부리부리하게 두 눈을 치켜뜬다.

하지만 무성의 동작은 빨랐다.

팟!

"헛!"

염룡마장은 크게 흠칫 놀랐다가 곧 자세를 갖추며 일격을 날렸다. 주먹의 끝에서 불꽃이 피어오르면서 무성의 관자놀이를 후려치려 한다.

여기에다 무성은 맞대응했다.

정권 찌르기로.

누가 봐도 힘의 대결에서 염룡마장의 우세를 점칠 수밖에 없었다.

그러나,

콰직!

가볍기 짝이 없는 무성의 주먹은 너무나 간단하게 염룡마장의 주먹을 뼈째로 우그러뜨렸다.

충격이 얼마나 대단한지 인대가 끊어지고, 근육이 박살 나며, 팔꿈치가 살갗을 뚫고 나올 정도였다.

"크아아아아악!"

오른팔이 완전히 망가졌다는 사실에 염룡마장은 비명을 질렀다. 고통보다도 정신적 충격이 너무 컸다.

그가 과연 짐작이나 했을까.

변이에 이어 탈각까지.

육체를 조립하고 새로 탈바꿈하기까지 한 무성의 몸은 이미 무(武)에 있어서 완벽에 가깝다는 사실을.

그가 자랑하는 힘은 같은 완력으로도 절대 당해 낼 수가 없었다.

휘리릭!

무성은 좌수를 활짝 펼치며 시끄럽기 짝이 없는 녀석의 입을 있는 힘껏 후려쳤다.

퍽!

염룡마장의 머리통이 너무나 쉽게 터져 나간다.

끈적끈적한 뇌수와 핏점이 손에 더덕더덕 묻었지만, 무성은 무심한 표정 그대로 손을 가볍게 털며 계속 전진을 멈추지 않았다.

"마, 막아라!"

"앞길을 내주지 마라!"

마인들이 무성에게로 일제히 달려든다.

좌르륵!

냉혼마검(冷魂魔劍)은 쌍검을 교차하면서 상체를 공격하고, 유성마두(遊星馬頭)는 쇠사슬 끝에 백 근에 달하는 무시무시한 유성추를 매달아 하체를 쓸어왔으며, 흑살신(黑殺神)은 독가루를 잔뜩 뿌려 앞을 가득 채웠다.

그 외에도 일월금륜(日月金輪), 음괴(陰怪), 요화(妖花), 혈세도(血洗刀) 등 청해 일대에서 둘째가라면 서러워할 마두들이 합공을 마다하지 않았다.

구천천마도(九天泉魔度)!

아홉 마왕 아래로 실질적으로 구천마종을 다스린다는 간부들은 모두 달려들었다.

그만큼 그들은 조급했다.

무성, 이 작자로 인해 모든 것이 엉망이 될 것 같아 불안했다.

어느 누구라도 위협을 느낄 수밖에 없는 상황이지만, 무성은 눈 하나 깜빡하지 않았다.

위—잉!

다시 한 번 대륜이 회전을 시작한다.

이미 몇 번이고 부딪치고도 여전히 모양에 큰 변화가 없는 금구환과 마령주는 연신 충돌을 벌이면서 무한대에 가까운 공력을 계속 공급했다.

뱅그르르, 회전하는 세 자루의 이기어검이 구천천마도의 머리 위로 떨어진다.

퍼퍼퍼펑!

파산검훼와 함께 쏟아지는 검편의 세례.

이전이었다면 미처 반응하지 못하고 당했을 것이나, 이미 몇 번이고 사용했기에 구천천마도는 각자의 방식으로 방어를 시도했다.

냉혼마검은 검을 안쪽으로 세워 검벽을 세운다. 유성마두는 유성추를 바닥에 내리쳐 반동으로 검편이 닿지 않은 허공으로 높게 치솟고, 흑살신은 독가루 안개 속으로 숨어 달아나고자 한다. 일월금륜은 아끼는 쌍륜을 던져 검편의 방향을 틀고자 하는 등이었다.

따다다다당!

여기저기서 콩 볶는 소리가 요란하게 울려 퍼진다.

잠시간 이들의 공격이 모두 멈춰진 순간.

무성은 진각을 으스러져라 세게 밟았다.

콰아아—앙!

지반이 삼 치 이상이나 부서진다. 마치 검편이라도 터진 것처럼 커다란 구덩이를 족적으로 남기고 무성은 반동에 몸을 맡긴 채로 구천천마도가 만든 진영 틈 사이로 단숨에 파고

들었다.

그야말로 눈 깜짝할 사이에 벌어진 일.

도리어 그 속도는 먼저 펼친 파산검휘의 일부 검편보다도 더 빠를 정도였다. 즉, 검편이 닿기도 전에 무성은 이미 놈들과 맞닥뜨린 것이다.

단숨에 공방(攻防)의 위치가 뒤바뀐 것이다!

뒤늦게 무성의 노림수를 깨달은 구천천마도는 자리에서 벗어나고자 했으나, 이미 그들은 모두 무성의 공격 범위 안에 들어온 지 오래였다.

어느새 새로운 세 자루의 이기어검이 만들어지고, 이차 폭발이 벌어진다.

퍼퍼퍼—펑!

일차 폭발을 막기에 급급했던 이들에게 이차 폭발은 재앙이나 다름없다.

그것도 바로 눈앞에서 터진 것이라면 더더욱.

냉혼마검의 쌍검이 부서져 폭죽처럼 터져 나간다. 유성마두의 유성추는 쇠사슬이 끊어진 나머지 힘을 잃고 바닥에 툭 떨어졌으며, 흑살신의 독 안개는 강풍에 휩쓸려 사라지고 말았다.

일월금륜, 음괴, 요화, 혈세도는 모두 병장기를 잃고 경악한 눈으로 무성을 보았다.

눈 깜짝할 사이에 민낯으로 마주하고 말았으니!

그때 무성의 몸이 다시 빛무리로 휘감겼다.

어느 때보다 화려하게 반짝이는 이기어검으로.

삼차 폭발이었다.

콰르르르—릉!

구천천마도는 흔적조차 남기지 못했다.

세 번에 이은 연쇄 폭발은 구천마종의 줄기라 할 수 있는 자들을 모두 도륙 내는 것으로도 모자라, 그들의 뒤편에 있는 마인들에게까지 닿았다.

방금 전까지만 해도 명령을 내리던 수장들이 바로 눈앞에서 죽어 나간 것을 확인한 마인들의 머릿속에는 오로지 단 두 가지 생각만이 자리 잡았다.

공포!

그리고 경외!

공포가 주는 감정은 그들의 사지 육신을 묶어 버린다. 혼백이 달아난 것처럼 석상이 되어 움직일 생각을 아예 하지도 못한다.

경외는 그 정도마저 뛰어넘는다.

뇌리를 아예 탈색시킨다.

아무런 생각도 판단도 하지 못하게!

소리를 잃은 경악 뒤로 찾아온 것은 바로 사신의 잔인한 마수였다.

퍼퍼퍽!

무성은 마치 구천천마도가 원래부터 그 자리에 없었던 것처럼 너무나 편안하게 지나치며 마인들과 맞닥뜨렸다.

좌우에 하나씩 영검을 쥔다.

그리고 검무를 펼친다.

절대 끊나지 않을 검무를.

영검이 허공을 가를 때마다 목이 허공으로 튀어 오른다. 영검이 땅으로 꺼질 때마다 시신이 바닥에 피를 뿌리며 쓰러진다.

"으, 으아아아아!"

"괴물이다!"

마인들은 현실로 돌아와 달아나기 시작했다.

어떻게든 무성과 검을 겨루지 않기 위해 몸을 반대로 돌린다.

그들은 도리어 아군에게 칼을 휘둘렀다.

당장 길을 비키라면서!

단 한 사람을 피해 천 명에 가까운 자들이 몸을 돌린 채로 달아나려는 모습은, 그야말로 현세에 도래한 아귀지옥이 따로 없었다.

"마라혈붕이 길을 열었다! 모두 놓치지 말고 뒤를 따라라!"

송학의 외침에 따라 무인들이 다시 내달린다.

와아아아!

그들이 내는 함성 소리는 초왕부를 쩌렁쩌렁하게 울렸다.

"……믿기지가 않는군."

힘이 빠진 듯 송학은 거칠게 숨을 몰아쉬었다.

그러면서도 두 눈은 지치지 않고 무천전으로 달리는 무인들에게로 향해 있었다.

무성이 길을 열고, 무당과 화산이 그 길을 닦는다.

이미 승세는 이쪽으로 기울었다.

마인들은 달아나고, 무인들은 그 뒤를 쫓는다.

눈 깜짝할 사이에 전황이 바뀐 것이다.

"단 한 사람에 의해 정국이 뒤집히다니. 이런 게 가능하다고?"

저 멀리 앞서 달리는 무성의 모습이 보인다.

피를 잔뜩 뒤집어쓴 채로 살육을 전전한다.

비록 지금은 상황이 이렇기에 어쩔 수 없이 따르고 있지만, 그는 도무지 녀석이 마음에 들지 않았다.

분명 단순한 살인귀에 불과하건만.

사문을 엉망으로 망가뜨린 원수에 불과하건만.

어째서 저자에게서 저토록 밝은 빛이 비치는가!

대체 왜! 어째서!

"등불이기 때문이다."

분노에 휩싸여 손을 부르르 떠는 사이, 갑자기 뒤쪽에서 대답이 들렸다.

"사숙!"

송학은 크게 놀라고 말았다.

백산 진인이 송우(松遇)의 부축을 거절하고 송학 옆에 섰다. 그는 여전히 안색이 창백했지만, 이전보다는 훨씬 나은 듯 걷는 데 전혀 지장이 없어보였다.

송학은 괜찮으시냐고 묻지 않았다.

그게 사숙에게 결례가 된다는 사실을 알기에.

물밀 듯이 쳐들어오는 검룡부의 검귀들을 상대로 장문인과 장로들이 고군분투할 때, 폐가 칼에 스치는 중상을 입고도 제자들을 이끌고서 무당산을 내려와 화산까지 이끈 존재다.

겉으로는 허허로워 보여도 그 속에는 절대 꿇리지 않는 불굴의 성정이 숨어 있음을 잘 안다.

그런 분에게 괜찮으시냐는 질문은 결례였다.

그래서 질문을 삼키는 대신에 다른 질문을 던졌다.

"무슨 말씀이신지 여쭈어도 되겠는지요?"

"학아, 너는 질투를 하고 있단다."

"……질투라니요. 제자, 무슨 말씀이신지 이해를 못하겠습니다."

"말 그대로다. 너는 질투를 하고 있다. 마라혈붕이 뿌리는 광채에. 희망의 빛에. 꺼질 듯하면서도 화려하게 타오르는 불길에 눈이 멀어 화를 내는 것이다."

송학은 문득 그런 생각을 했다.

등불.

당금 강호에서 구대문파가 쇠락하고 무신련이 떠오른 것은, 구대문파가 밝히지 못한 빛을 무신이 대신 비췄기 때문이라고 했던가.

송학은 발끈하고 말았다.

"저런 살인귀 따위가 무신에 버금간다는 말씀이십니까?"

"그렇단다."

"사숙!"

"분노에 휩싸인 너의 마음을 이해한다. 아니, 안다. 알고 말고. 나 역시 똑같은 마음인 것을."

"……."

"하지만 눈을 씻고 보아라. 모든 분노와 편견을 누르고 보아라. 과연 저자가 어찌 보이는지."

송학은 잠시간 눈을 감았다.

어린 시절 그토록 외우기 싫었던 도덕경을 다시 외우며 마음을 가라앉혔다.

마음이 어느 정도 가라앉은 후에야 눈을 떴다.

저 멀리 달리는 무성이 다시 보인다.

분노의 감정이 가슴속에서 꿈틀거렸지만 억지로 누르며 계속 쳐다본다.

녀석은 검을 휘두르고 있었다.

쉬지 않고. 계속해서.

"싸우고 있습니다."

"무엇과?"

"마인…… 아니, 적입니다. 난관입니다."

"그리고?"

"달리고 있습니다."

"멈추느냐?"

"아닙니다. 쉬지 않고 계속 달립니다. 분명 지친 기색이 보이는데…… 그래도 달립니다."

그때서야 송학의 눈에도 하나둘씩 보였다.

공력만큼이나 무한할 줄 알았던 무성의 체력이 점차 줄고 있었다.

아니, 이미 바닥을 보였다.

간간이 인상을 찡그린다.

이마에 송골송골 맺힌 식은땀이 볼을 타고 바닥에 톡톡

떨어진다.

그런데도 무성은 한시도 멈추지 않는다.

검을 휘두른다. 발을 움직인다. 물러서거나 멈추지 않는다. 절대 쉬는 법이 없다. 오로지 전진하는 법밖에 모르는 사람처럼 계속 달린다. 끝까지. 아니, 보이지 않는 끝을 향해서 계속.

그러다 문득 그런 생각이 들었다.

과연 나 자신은 저렇게 할 수 있을까?

송학의 눈초리가 파르르 떨렸다.

"아마도 마라혈붕은 계속 그런 삶을 살아왔을 것이다. 자신도 인간일진대 어찌 지치지 않을까? 그래도 스스로를 채찍질했겠지. 목표를 위해서. 동료를 위해서. 그 과정은 참으로 험난했을 것이다. 때로는 눈이 먼 적도 있을 것이고, 때로는 후회도 했을 테지. 우리 무당파도 거기에 휩쓸린 게다."

백산 진인은 담담하게 말을 이어 나갔다.

"하지만 그러고도 저자는 포기하지 않았다. 계속 달리고 또 달렸지. 그러다 보니 남들보다 훨씬 길을 앞서 나간 개척자가 되었다. 자신도 모르는 사이에 어느덧 길을 밝히는 등불이 된 것이다."

"……"

"보아라."

백산 진인은 무성의 뒤를 따르는 이들을 손가락으로 가리켰다.

"저토록 많은 이들이 마라혈붕의 뒤를 따르지 않느냐. 저자가 보이는 등불을 따라 달린다. 저자가 펼친 날개 아래로 모여든다. 어쩔 수 없다고 하나, 그토록 오만한 청운 도장이 저 속에 섞여 있지 않으냐?"

화산파는 다른 어느 때보다 훨씬 적극적이었다.

부상자들을 부축한다. 그게 여의치 않는다면 등에 업기까지 한다. 청운 도장의 경우에는 아예 사람들을 독려하기까지 한다.

이기적으로 유명한 바로 그 화산파가!

"심지어 저자를 증오해 마지않는 우리 무당도 다르지 않는 신세이지."

백산 진인은 씁쓸하게 웃었다.

"아주 오래전 과거에도 저런 자가 있었지."

송학은 그가 누군지 알 것 같았다.

"무신 백율……."

"맞다. 무신이 그러했다. 우리 구대문파가 오만에 빠져 들떠 있는 사이에 무신은 홀로 나타나 세상을 훤히 비추는 등불이 되었다. 그리고 오늘날의 무신련이 되어 구대문파를 물리쳤지."

백산 진인은 검지를 다시 무성을 가리켰다.

"그러니 똑똑히 보려무나. 저자가 앞으로 차대의 무신이 될 것이니."

"새로운 무신······!"

송학의 두 눈이 불을 뿜었다.

이제 그 눈에는 증오와 분노가 담겨 있지 않다.

숙적을 보는 눈빛이다.

"귀병가라고 했던가? 두고 봐야 할 것이다. 그들이 무신 련을 이어 흥할 것이니. 그때는 우리 무당의 이름이 다시 빛 바래지고 말겠지."

"예!"

"적의 약점을 보지 마라. 강점을 보아라. 단점을 찾지 마라. 장점을 찾아라. 그래야만 앞으로 네가 이끌 무당의 앞날이 비칠 것이니. 등불이 되려무나."

"세상을 비추겠습니다."

"허허허허! 이 늙은이의 잡설을 이리 받아주니 너무나 고맙구나. 하면 서두르자꾸나. 꽤 늦은 듯하니."

송학과 백산 진인이 다시 일행에 합류하려던 바로 그때였다.

불현듯 백산 진인이 경공을 멈추고 사색이 된 채로 소리를 질렀다.

"피해라! 학아!"

"예?"

송학이 화들짝 놀라 고개를 뒤로 돌린 사이,

스걱!

하늘이 비스듬하게 잘리더니 단층면을 따라 주르륵 미끄러져 내리는 기현상이 망막을 내렸다.

태양이 스러지고 있었다…….

도저히 상식으로 불가능한 모습을 마지막으로 송학의 시야가 내려앉았다.

第四章

내기

콰콰콰―콰!

거친 폭음.

그리고 그 뒤에 찾아온 적막.

사위가 정적에 휩싸인다.

방금 전까지만 해도 승리의 기쁨을 노래하고, 적을 물리칠 수 있다는 희망의 사기를 드높이던 일행들은 바로 눈앞에 닥친 믿기지 않은 현실에 충격에 젖고 말았다.

숫자를 헤아릴 수도 없을 만큼 엄청난 양의 피분수가 허공에 흩뿌려진다.

그리고 허물어지는 백여 명의 무인들.

마치 실 끊어진 인형처럼 힘없이 무너진다.

일검.

단 한 번 불어온 칼바람에 그토록 많은 자들이 당하고 만 것이다.

하지만 바로 옆에서 동료들의 죽음을 목격하고도 어느 누구 하나 비명을 지를 수가 없었다.

그보다 더 믿기지 않은 현상이 벌어지고 있었다.

"저, 저, 저건……!"

청운 도장만이 유일하게 입을 열 수 있을 뿐.

하지만 그마저도 턱을 바들바들 떨기에 바쁘다.

순리를 따르고자 하는 도인으로서 두 눈을 의심하게 만드는 기현상.

하늘이 무너지고 있었다.

쿠르르…….

공간을 가르는 한 줄기의 궤적.

그 단층면을 따라 좌우로 미끄러지는 하늘은 도저히 상식에 어긋나는 일들을 만들었다.

구름이 흩어진다. 태양이 갈라진다.

잘게 부서진 물의 입자들이 비가 되어 후두둑 떨어지고, 빛을 잃은 태양이 툭 꺼지면서 세상에 너무나 짙은 어둠이 내려앉는다.

칠흑같이 어두컴컴한 밤이 찾아왔다.

태양이 사라지다니!

이 일을 어찌 믿을 수 있을 것인가!

"갈—!"

그때 영원히 이어질 것 같은 적막을 깨뜨리는 거대한 사자후가 천지사방을 흔들었다.

동시에 사람들의 망막에 맺힌 어둠이 깨져 나갔다.

"아!"

"헉!"

멍하니 우두커니 서 있던 무인들은 하나같이 헛바람을 들이켰다.

분명 사라졌던 태양이 거짓말처럼 나타났다. 어둠이 사라지고 벌건 빛이 찾아왔다.

무인들은 그제야 자신들이 단체로 이상한 현혹에 잠겼음을 깨닫고 주변을 살폈다. 말없이 쓰러진 동료들의 주검이 그제야 눈에 들어왔다.

"아아아아!"

"도일아!"

그들은 동료와 사형제들의 시신을 끌어안고 오열을 터뜨렸다.

모든 싸움이 끝났다고 생각한 순간에 도무지 믿기지 않은 재앙을 맞닥뜨리고 말았으니.

"……오."

비명 속으로 한 줄기 외침이 다시 들린다.

"모두 달아나십시오!"

재차 외친 외침과 함께 무성이 무리 바깥쪽으로 튀어나간다.

그리고 이어지는 거대한 충돌음.

챙! 콰콰쾅!

분명 아무것도 없던 장소였건만.

무성이 허공에다 영검을 내뻗는 순간, 검과 검이 부딪치는 금속음과 함께 거대한 폭발이 일었다. 땅거죽이 크게 일어나면서 모래 기둥이 치솟았다.

그제야 무인들은 다시 정신을 차렸다. 눈물을 펑펑 쏟으면서도 다시 동북쪽 무천전 쪽으로 달리기 시작했다.

방법은 알지 못하나, 단칼에 백여 명에 달하는 자들을 휩쓸던 그 공격이 다시 이어지고 있었다.

이대로 멍하니 있다가는 당할지도 모른다.

무성이 시간을 끄는 동안에 어떻게든 탈출을 완료해야만 했다.

콰쾅! 콰콰콰쾅!

무인들이 달아나는 와중에도 무성의 보이지 않는 적과의

싸움은 계속 이어졌다.

'제길! 하필이면 딴 곳에 한눈을 파는 사이에!'

무성은 이를 악물었다.

이것은 어디까지나 자신의 실수다.

길을 개척하려 했다.

무슨 일이 있어도 무천전까지는 이들을 끌고 가야 하기에 오로지 전진하는 데에만 신경이 팔렸다. 주호의 발은 묶었고, 살존은 문인산이 상대하기에 더 이상 큰 방해는 없을 거라 여겼건만.

하지만 야별성의 저력은 깊었다.

아직도 강자가 남아 있었던 것이다.

그러나 녀석은 도무지 모습을 비출 생각을 않았다.

'좋아. 그렇다면 내가 그쪽의 낯짝을 드러내 주지.'

영검을 우측으로 휘두른다. 가로막힌다. 폭발이 인다. 이번에는 영검을 내리친다. 역시나 가로막힌다. 대기가 떨릴 정도의 후폭풍이 따랐다.

그러면서도 무성은 검결지를 짚어 손에 들지 않은 영검을 우측 대각선 허공으로 날렸다. 역시나 파산검훼다.

콰르르—르!

수백 개의 검편은 허공을 질주하지 못하고 도중에 터져 사라졌다.

대신에 그곳에서 육신이 너덜너덜해진 시신 네 구가 툭 하고 떨어지고, 역시나 행색이 피투성이가 된 부상자 두 명이 훌쩍 뒤로 물러섰다.

보이지 않는 적은 최소 백여 명은 되었다.

주공(主攻)인 하늘을 가른 궤적은 단 한 명이 펼치는 것이나, 그 외에 부공(副攻)은 은신술을 이용해 몰래 접근을 시도하는 것이었다.

하지만 무성은 그 어느 것의 전진도 허락지 않았다.

비록 첫 번째 공격은 딴 곳에 시선이 팔려 눈치채지 못했다고는 하나, 지금은 다르다. 영통안을 통해 보이는 결의 일그러짐은 녀석들의 움직임을 속속들이 파악게 해 주었다.

결국 부공을 시도하던 이들의 시신이 열다섯 구가 될 때쯤 일행들의 탈출이 거의 완료되었다.

거기서 무성은 더 이상 방어만 하지 않았다.

단칼에 해를 가른다고?

웃기지 마라.

나라고 해서 너희들만큼 못해서 안 하는 줄 아느냐.

'보여 주지.'

무성은 영검을 꽉 쥐었다.

지잉, 지잉, 지잉―!

힘찬 떨림이 전해진다.

무성은 영검을 역수로 쥐어 냅다 땅에다 꽂았다.

콰콰콰콰콰콰—콰!

땅거죽이 뒤집힌다. 거대한 모래 해일이 일어난다. 파산검훼가 만들어 낸 해일은 조금씩 전진하면서 삽시간에 덩치를 불렸다.

장장 오 장에 달할 정도로 엄청난 높이의 해일이!

검폭고조(劍爆高潮)!

파산검훼의 연장선으로 만든 힘이다.

영검을 바닥에 꼽아 생긴 폭발력을 이용, 지축 자체를 뒤집어버려 적들의 균형을 잃게 만드는 기예.

당연히 큰 지진 뒤에 후폭풍과 함께 불어 닥친 엄청난 양의 해일에는 사이사이에 검편과 영주가 담겨 있어 절대 헤어나올 수 없는 감옥을 만들어 버린다.

이것이라면 능히 어둠 속에 있는 모든 놈들을 쓸어버릴 수 있으리라.

아니면,

'머리를 꺼낼 수 있겠지!'

아니나 다를까.

쉭!

갑자기 무언가가 훅 하고 튀어나온다. 치렁치렁하게 봉두

난발로 머리를 길게 늘어뜨린 자. 그야말로 야인이라는 느낌이 물씬 풍기는 자다.

그는 영 못마땅하다는 얼굴로 검폭고조를 바라보다가 이내 자세를 한껏 낮췄다.

허리춤에 걸린 검병에 손을 가져간다.

그러길 한 호흡.

날숨과 함께 꽉 쥔 검병을 뽑자, 눈이 멀 것 같이 엄청난 광채를 자랑하는 섬광과 함께 검이 허공을 질주했다. 사선으로 궤적이 그어졌다.

해를 떨어뜨렸던, 바로 그 일격이었다.

스걱!

무서울 것 없이 달려오던 해일 위로 기다란 궤적이 그어진다.

그러자 거짓말처럼 해일이 멈췄다.

그리고.

쿠르르…….

하늘이 그러했듯이 단층면을 따라 모래 해일이 상하로 분리되어 미끄러진다. 더불어 불어오는 바람과 함께 모래 해일이 거짓말처럼 훅 하고 꺼졌다.

"흐아아아! 진짜 죽는 줄 알았네!"

"문주, 그거 대체 어떻게 하는 거요?"

"정말 볼 때마다 신기하다니까. 우리도 좀 가르쳐 주면 안 됩니까?"

안도에 찬 한숨, 투덜거리는 말투와 함께 공간을 가르고 팔십여 명 정도 되는 이들이 속속들이 튀어나온다. 과연 같은 단체의 소속이 맞나 싶을 정도로 저마다 해 있는 행색은 제각각이다.

"꿈 깨. 네놈들에게는 평생 가르쳐 줘도 발치도 못 따라가니까 포기해."

낭인이 히죽거리며 던진 말에 녀석들은 하나같이 입을 한 대발이나 쭉 내밀었다.

"거참, 팍팍하네."

"사실 가르쳐 주기 겁나는 거죠? 우리가 문주 자리 꿰찰까 봐? 그렇게 속 좁게 굴다가 진짜 언제 뒤통수 맞습니다?"

"얼마든지. 대신 덤빌 때는 목이 온전치 못할 각오는 해."

"에고고. 농담도 못 하겠구만."

농담을 주고받는다. 하지만 어딘가 묻어 있는 살기와 의심은 절대 농이 아닌 진심이라는 것을 말해 주었다.

이처럼 절대 융화되지 않을 이들이건만 공통점은 있었다.

구천천마도에 못지않은 기세.

그리고 비릿한 바다 냄새.

"해남검문의 사람들인가?"

무성이 차가운 얼굴로 묻는다.

그러자 떠들썩하던 녀석들의 대화도 뚝 그쳤다. 무성을 보면서 비릿한 미소를 짓는다.

"호오, 제법인데? 그새 우리 정체를 알아챘어?"

"제법보다는 높지. 사실 문주 아니었으면 우리 죄다 머리통 떨어질 뻔했잖아?"

고개를 절레절레 흔드는 녀석들을 뒤로하고, 야인이 앞으로 나섰다.

그가 해남검문의 수장, 모용경일 터.

그렇다면 뒤에 있는 자들은 모용경이 자랑한다는 철심검귀들이리라.

철컥!

모용경은 애검 파랑검(波浪劍)을 도로 납검을 하고는 무성에게 말했다.

"아이야. 이렇게 날뛸 수 있다는 것은 시건방지기 짝이 없는 황족 놈의 콧대를 누르고, 시끄럽기 짝이 없는 땡중 놈의 모가지를 날렸단 뜻일 테지?"

"그렇다면?"

"푸하하하하핫!"

모용경은 세상이 떠나가라 웃음을 터뜨렸다.

뭐가 그리도 재미난지 그는 바닥을 구르지 않았다일 뿐이지 눈가에 눈물까지 그렁그렁 맺었다.

"히야! 뭐야, 그럼? 잘난 낯짝 하나로 살아가는 우리 귀곡
자 나리께서 친히 마련하신 판이 완전 뒤집혔다는 거잖아?
캬아아! 죽이는데?"

정도 이상으로 감탄과 탄식을 번갈아 하는 녀석을 보면서
무성은 눈살을 찌푸렸다.

저렇게 경망스러운 자가 점창파를 눌렀단 뜻인가?

하지만 영통안은 말해 주고 있었다.

모용경의 주변을 따라 맴도는 잔잔하면서도 묵직한 기운
들을.

"낙일도(落日濤)를 두 번이나 막을 때부터 설마 했더니 진
짜일 줄이야. 잘 됐네. 해 볼 만하겠어."

피식 웃으며 내뱉은 말에 철심검귀들의 눈이 휘둥그레졌
다.

"문주, 또 그 미친 짓 하려고?"

"왜? 그럼 안 되는 문제라도 있나?"

"좀 작작해라. 우리들 생각은 안 해?"

모용경이 비웃음을 날렸다.

"생각은 무슨. 네놈들이야말로 너희들을 묶어 놓는 놈이
사라지면 속 시원할 것 아니야?"

"그야 그렇…… 아니아니. 그런 게 아니라. 아오, 쌍! 이봐,

부문주. 뭐라고 말 좀 해 봐. 문주 저러다가 진짜 사고 친다니까?"

철심검귀들의 만류에도 모용도는 어깨를 으쓱거렸다.

"형님이 마음먹은 바를 언제 제가 꺾은 적이 있기나 합니까?"

"하아아! 돌겠네!"

짙은 탄식이 흐른다.

아니, 정확하게는 탄식이라기보다는,

'짜증?'

하지 말라는 장난을 끝까지 하는 악동을 대하는 느낌에 가깝다.

'대체 뭐지?'

무성은 이해하지 못할 모용경과 철심검귀들을 보는 내내 긴장을 풀지 않았다.

때에 따라서는 이들을 한 번에 상대해야 할지도 모르니. 그때는 제아무리 무한한 공력을 지녔다 할지라도 패배할 수밖엔 없다. 이미 육신이 지쳐 있었다.

"이봐, 애송이."

"뭐지?"

"싸울 힘, 남아 있나?"

무성은 모용도가 무슨 말을 하고 싶은지 도무지 이해를

할 수 없었지만 가만히 고개를 끄덕였다.

그러자 모용도가 갑자기 파랑검을 뽑아 허공에다 던졌다.

무성이 잔뜩 긴장하며 파랑검을 바라본다. 새로운 초식인가 싶어 눈여겨봤지만, 파랑검은 허공에서 뱅그르르 돌다가 힘없이 떨어져 땅에 꽂혔다. 무성과 모용도 사이, 정확한 중앙에.

"내기 한 판 하자."

"내기?"

"그래. 내기. 서로의 명운을 건 내기."

모용도는 마치 재미난 장난감을 만난 아이처럼 해맑게 웃으며 검지로 무성과 자신을 번갈아 가리켰다.

"너, 나. 신호가 떨어지면 동시에 거기에 꽂힌 검 쪽으로 달려가는 거다. 그리고 먼저 뽑아 상대의 목을 치는 거지. 물론 반격은 가능하고. 어때? 재미있지 않겠어?"

"내가 그 말에 따라야 하는 이유는?"

"네 일행을 보호하기 위해서."

"……"

모용경은 어깨를 으쓱거렸다.

"보다시피 난 야별성의 행사에 별반 관심 없어. 아니, 도리어 마음에 안 드는 면모가 강해. 앞에서 힘으로 찍어 누를 생각은 안 하고, 매번 뒤로 꿍꿍이수작이나 부리니까."

확실히 무성이 혈법존자와 제석항마승들을 거꾸러뜨리고, 구천천마도를 베어 낼 때까지만 하더라도 해남검문은 코빼기도 비치지 않았다.

만약 처음부터 해남검문이 모습을 비췄더라면 어땠을까?

'지금 같은 기회를 내지 못했겠지.'

탈출 시도는커녕 전멸을 면치 못했을 것이다.

"그런데도 내가 그들과 손을 잡은 건 단 하나. 세상에서 제일 강하다는 무신과 단 한 번이라도 칼을 겨루기 위해서야."

무성의 영통안으로 보였다.

절대 길들여지지 않은 야생의 냄새를 풍기는 맹수가.

"또한, 너처럼 강한 자와 검을 겨루고자 하는 마음도 있다. 옛날의 무신이 그러했듯, 나 역시 천하에 산적한 강자들을 차례대로 거꾸러뜨리면서 세상 위에 우뚝 선다. 그것이 내가 가장 바라던 바다. 또한, 우리 해남검문이 가장 바라던 이상향이기도 하고."

해남도의 무맥이 세상에서 제일임을 입증하고자 한다.

그 일환으로 무성이 뽑혔다는 뜻이다.

"내기에 걸린 판돈은 간단해. 네가 이기면 우리는 길을 비킨다. 하지만 내가 이기면……."

모용경의 입꼬리가 말려 올라간다.

"너희 전부 죽는 거지."

모 아니면 도.

절대 중간은 없는 목숨을 건 내기.

"어때? 해 볼 만하지 않아?"

미소가 짙어진다. 마치 자신의 제안을 절대 거절치 못할 거라 여기는 듯하다.

"내가 거절한다면?"

"못 할걸? 우릴 전부 상대할 자신 있어? 이건 내 생각이긴 한데, 땡중 놈들을 무찌를 수 있었던 것도 반쯤은 요행 아니었어? 실혼제명술을 유지하느라 정신이 없었으니까. 기습을 했다면 손쉽게 제거할 수 있었을 테지."

마치 그 자리에 있었던 것처럼 정확하게 꿰뚫어 본다.

"게다가 딴 맘을 먹으면 위험한 건 애송이, 너라고. 막말로 내가 널 막아서고 수하들한테 놈들을 쫓으라고 하면 어떡할래? 자신 있어?"

"......"

허장성세도 안 통한다.

이래서야 결론은 이미 나 있다.

"좋아. 하지."

"흐흐흐! 그래. 그렇게 나서야지."

모용경은 크게 반색했다.

여태 지켜보던 철심검귀들은 하나같이 손바닥으로 얼굴을 가리며 탄식을 흘렸다.

하지만 그들은 번거롭게 귀찮은 짓한다는 투정만 있을 뿐, 전혀 자신들의 수장이 진다는 생각은 하고 있지 않았다.

"단, 조건이 있어."

"뭔데? 얼마든지 말하라고. 후후후. 살려달라는 것 빼고는 다 들어줄 테니."

흥분에 가득 찬 녀석에게 또박또박 끊어서 말한다.

"판돈을 올리지."

"응?"

"지금의 승부는 여러모로 나에게 불리해. 이미 나는 몇 차례 싸워서 지쳤으니까."

"원한다면 운기조식을 할 시간도 줄 수 있는데?"

"필요 없어. 체력이 문제가 아니라 심력 소비가 큰 것뿐이니까. 그러니 내가 이긴다면 너희들 전부를 가져야겠어."

"푸하하하하하핫!"

모용경은 배꼽이 빠져라 웃음을 터뜨렸다.

반면에 졸지에 물건 취급을 받은 철심검귀들은 얼굴을 일그러뜨렸다.

"저 새끼가?"

"지금이라도 확 담가 버려?"

모용경은 당장이라도 움직일 것 같은 수하들에게 손을 뻗어 진정시켰다.

"좋다. 그 제안, 수락하지."

"문주!"

"그만! 이건 나의 결정이다. 토 달지 마!"

"……."

"……."

무성은 눈을 반짝거렸다.

한 번의 외침으로 모두의 반발을 그치게 만들다니.

'확실히 인물이야.'

모용경은 눈으로 호선을 그리며 입을 열었다.

"그럼 슬슬 시작해 볼까?"

'이거, 진짜 재미난 놈이네?'

모용경은 어깨를 가볍게 풀면서 피식 웃었다.

이쪽 대륙 놈들은 하나같이 고수라고 하는 것들이 어깨에 잔뜩 힘을 주는 녀석들밖에 없어서 항상 재미가 없었다.

그래서 귀곡자의 계획이 있어도 어떻게든 되겠거니 하는 생각에 여태 숨어 있던 것인데.

이놈이 나타나면서 판이 완전히 뒤집혔다.

생각보다 일찍 모습을 드러낸 데에는 무성이란 존재의 이유가 가장 컸다.

한판 붙어 보고 싶어서.

모용경은 마음에 드는 고수가 있으면 항상 이런 식의 내기를 제안하곤 했다.

단발에 목이 잘려 나가는 진검승부.

생각만 해도 짜릿하지 않은가!

물론 승자는 항상 바로 그였다.

그런데 이놈과도 그런 식으로 붙어 보고 싶었다.

육지 냄새가 나는 놈들 중에서 다른 놈들과는 좀 다르다.

진지하긴 하지만 그 속에 열의가 숨어 있다.

'그래 봤자 죽겠지만.'

아쉽긴 하다.

또 이런 놈을 언제 만날지 모르니까.

반대로 흥분된다.

이런 놈의 목을 직접 칠 수 있다는 사실에.

"도, 부탁해."

"예이예이."

시건방지기 짝이 없는 동생 녀석은 한숨을 내쉬더니 철심검귀를 모두 뒤로 물리고 홀로 남아 동전을 꺼냈다.

늘 자신의 행사에 못마땅한 기색을 드러내는 녀석이지만, 그만큼 공정한 녀석이다. 만약 자신이 잘못된다고 해도 복수는커녕 약속을 제대로 이행할 것이다.

도가 입을 열었다.

"이 동전이 바닥에 떨어지는 순간에 내기가 시작됩니다. 두 분 다 이의가 없으시지요?"

모용경은 가만히 웃으며 고개를 끄덕인다. 무성도 그렇다고 대답하자, 모용도는 땅이 꺼져라 짙은 한숨을 내쉬면서 동전을 높이 던졌다.

핑!

동전이 일 장 가깝게 높게 치솟고,

탁!

포물선을 그리며 바닥에 떨어진다.

콰아아아—앙!

두 사람이 땅을 박차는 순간은 동시였다.

지반이 부서져라 짓밟자 강맹한 폭발과 함께 두 사람의 몸이 단숨에 파랑검 쪽으로 치닫는다.

'제법인데?'

항상 바닷가를 무대로 살아온 덕분에 신법에 있어서는 자신감이 넘치던 모용경이 탄복할 정도로 무성의 경공술은 아주 빨랐다.

무성이 파랑검까지 닿은 것은 그야말로 순식간이었다.

하지만.

'승자는 나야!'

풍랑해일(風浪海溢)의 신법과 함께 파랑검의 검병을 가장 먼저 쥔 것은 모용경이었다. 폭발적인 힘과 함께 단거리에서 속도를 뽑아낸 것이다.

아주 간발의 차였다.

하지만 달리 말하자면 그 차이가 승패를 갈랐다.

쐐애애애—액!

모용경은 파랑검을 잡자마자 몸을 우측으로 틀었다.

폭발적인 가속도가 더해진 덕분에 파랑검은 단순히 궤적을 그리는 데도 불구하고 엄청난 힘을 자랑했다.

이것이야말로 해를 떨어뜨리는 그의 절기, 낙일도!

그러나.

'없어?'

궤적은 분명히 갈라야 할 무성의 목을 가르지 못했다. 그저 텅 빈 허공만 가를 뿐이었다.

쿠르릉! 낙일도가 닿은 저 먼 거리에서 먼지 기둥이 치솟는 것이 보였지만, 아주 짧은 시간 속에 모용경의 가슴은 타들어 갔다.

그래서 녀석을 찾아 계속 움직이려 했지만,

"거기까지."

척!

어느새 턱밑에 검 한 자루가 놓였다. 꽤 익숙한 모양의 검
이다.

모용경은 슬쩍 아래로 눈길을 내렸다.

분명 자신이 쥐고 있는 파랑검이 제 주인의 목을 찌르려
하고 있었다.

파아아!

때마침 불어온 바람에 잘린 머리카락이 퍼졌다.

"무, 뭐야!"

철심검귀는 전부 경악에 잠기고 말았다.

도무지 믿기지 않은 사실에.

자신들의 문주가 지다니. 이게 가당키나 하단 말인가!

더군다나 더 어이가 없는 것은, 분명 모용경이 쥐었던 파랑
검이 어느새 제자리를 이탈하고 만 것이다.

그들은 모두 똑똑히 보았다.

모용경이 파랑검으로 아무것도 없는 허공을 베면서 관성
때문에 몸이 우측으로 크게 틀어질 때, 별안간 무성이 귀신처
럼 나타나 공수탈백인의 수법으로 손목을 비틀어버리는 것
을.

덕분에 모용경은 제 손으로 제 뒷목을 치려는 괴상한 자세
가 되고 말았다.

문제는 그가 저항이라도 하는 순간, 무성이 곧장 손목뼈를 탈골시키고 검으로 목을 칠 수 있단 사실이었다.

　철심검귀는 수장을 구하기 위해 움직이려 했지만,

　"그만!"

　모용도의 외침에 우뚝 멈춰 서고 말았다.

　"부문주!"

　"다들 그만하세요. 이건 형님의 승부입니다. 물론 나중에 끝나고 형님한테 목이 잘려도 괜찮다면 말리지는 않겠습니다."

　"……"

　"……"

　철심검귀는 모두 합죽이가 되어 물러서고 말았다.

　무성은 고요한 눈빛으로 모용경을 보았다.

　손에 힘을 주기만 해도 녀석의 손목은 부러지고 목은 어깨와 분리될 것이다.

　위험천만한 동작인데도 불구하고 웃고 있는 사람은 무성이 아닌 모용경이었다.

　"푸하하하하핫! 뭐야, 이거? 내가 먼저 온 줄 알았더니 사실은 그쪽이 일부러 한 발자국 늦춘 거였어?"

　모용경은 승부를 복기하고 있었다.

"애초 이걸 노리려고? 히야, 죽이는데? 그걸 정확한 시기를 맞추는 게 아주 어려웠을 텐데 말이야."

먼저 도착하면 파랑검은 무성의 수중에 떨어진다. 한 박자 더 늦으면 무성의 목이 떨어진다. 반격 따윈 꿈도 못 꾼다. 무방비한 상태에서 낙일도를 막을 순 없으니.

허공을 갈라 균형이 흐트러진 찰나의 순간.

바로 그때밖엔 기회가 없다.

물론 쉬울 리 없다.

모용경은 바닷가에서 살아온 존재. 균형을 잡는 데는 천부적인 자질을 타고 났다. 그런 이에게서 그런 기회를 잡기가 어디 쉬울 텐가.

그런데도 무성은 해내 보였다.

상대를 죽이는 것보다 훨씬 어려운 제압.

적어도 그가 닿은 경지가 모용경보다 반 수 이상이란 뜻이다.

"좋아. 항복, 항복!"

모용경은 파랑검에서 손을 놓았다. 무성도 잡은 손목을 풀어 주었다.

"죽겠구만. 어떻게 기른 머린데 이렇게 또 엉망이 되냐. 남자는 머리빨로 반은 먹고 들어가는데 말이야."

모용경은 투덜거리면서 소매 끝을 작게 찢어 머리를 묶어

올렸다. 그러자 관록이 더해진 멋들어진 얼굴이 드러났다.

"그래. 내기는 내기니까. 말해 봐. 뭘 원해? 우리 전부 졸병이 되어 주면 되나?"

그는 어깨를 으쓱거리며 말을 이었다.

"아, 그리고 애송이…… 아니, 그래도 이 몸이 이겼으니 경칭을 써 줘야겠지? 하여간 그쪽 밑에 들어가는 건 허락했는데 해남검문의 이름으로만 가능한 거라서. 저놈들이 탈퇴를 하면 나도 답이 없어. 뭔 말인지 알지? 아, 그러니까 말이야……"

말투는 덤덤하지만 슬쩍 말꼬리가 흔들린다.

발을 뒤로 내빼 자신이 책임지고 수하들을 지켜 주려는 모양새다.

'거짓말이 익숙하지 않은 사람이네.'

그래도 딴에는 잔머리를 굴리려는 모습이 재미나다.

식은땀을 흘리면서도 끝까지 허장성세를 부리는 모습이 여태 보였던 위풍당당한 모습을 싹 지워 버린다.

"에휴. 형, 거기까지 해. 자꾸 변명하려면 꼴사납기밖에 더해?"

"우우우! 문주, 멋없어."

"저렇게 못생겼었나?"

"닥쳐, 이것들아! 하여간 지들 도와주려는데 어디서 방해질

이야!"

피식!

투덕거리는 녀석들을 보니 무성은 저도 모르게 웃음이 나왔다.

마치 자신과 간독 사이를 보는 것 같지 않은가.

그래서 그들의 뒤에다 한마디를 던졌다.

"필요 없어."

"엥?"

모용경이 멍한 표정으로 머리를 뒤로 돌린다.

"이쪽도 말 안 듣는 놈들은 필요 없다고."

"하아?"

그제야 말뜻을 알아챈 모용경은 머리를 외로 꼬았다. 철심 검귀들도 같이 와락 얼굴을 일그러뜨렸다.

"뭐야, 이거? 우리는 아직 뭔 말도 안 했는데 차인 거야? 뭔 이런 경우가 다 있냐?"

"이게 다 못난 주인 만나니까 생기는 일들이지."

무성의 미소가 짙어졌다.

"대신에 거래를 하지."

"거래?"

전혀 생각지도 못한 말.

웅성거림이 멈췄다.

모용경이 가만히 중얼거렸다.

내기에 이어서 이번에는 거래라?

'판을 자기 유리한 데로 끌고 가겠다는 건가?'

여태 판을 끌었던 것은 모용경과 해남검문 쪽이었다. 하지만 녀석은 그걸 영 허락하기 싫은 모양이었다.

그가 웃으며 물었다.

"거래 밑천은?"

"너희들의 목숨."

"호오?"

"저 새끼가 진짜!"

모용경은 손을 들어 반발을 그치게 만들었다. 그의 입가에도 어느덧 미소가 사라졌다.

"내용은?"

"귀곡자의 목."

"……!"

"……!"

第五章

귀곡자 유덕문

쾅!

유덕문은 분기를 참지 못하고 천하전도가 놓인 탁상을 손바닥으로 내리쳤다.

"대체! 대체 또 어디서부터 어긋났단 말이냐!"

그의 앞에 놓인 보고서들은 화를 더 부추겼다.

실혼제명술 실패

마신환상대진 파괴

혈법존자 및 제석화마승 전멸

구천천마도 궤멸! 구천마종 상당수 실종

목표, 무천전 점거

어디 그뿐이랴.

흥망과 흑시총은 구양자라는 이상한 자에게 발목이 묶여 옴짝달싹하지 못하고, 모용경과 해남검문은 어디로 사라졌다가 뒤늦게야 나타나 계획을 헝클어뜨렸다.

주호가 뒤늦게야 무천전 쪽으로 갔다는 소식을 들었지만, 그가 어떻게 판을 다시 뒤집을 수 있을 거란 생각은 들지 않았다.

분명 완벽을 기한 작전이라 자부했다.

초왕부를 완전히 점거하고, 무당과 화산 등 주요 고수들에게 세뇌를 심어 아군으로 삼고, 주호를 전면에 내세워 군을 일으키면 충분히 천하를 이 손에 넣을 수 있으리라 여겼다.

그런데 대체. 왜. 어디서부터 잘못되었단 말인가?

유덕문은 이를 악물며 그 원인을 중얼거렸다.

"마라혈붕⋯⋯!"

*　　　*　　　*

모용경은 어이가 없었다.

"나더러 조직을 배신하란 말이냐?"

입꼬리가 비틀린다.

신의.

그가 세상에서 가장 숭상하는 말이다.

물론 그도 아주 잘 안다. 이 더럽기 짝이 없는 강호에서 그 말이 얼마나 가장 불필요한 말인지를.

하지만 반대로 그렇기에 신의는 값지다.

어디에도 동화될 수 없는 이 괴짜들을 해남검문이라는 커다란 틀 안에 묶은 것도 모두 신의가 있었기 때문에 가능한 일이었다.

제아무리 야별성이 하는 짓거리들이 마음에 들지 않는다고 해도 반드시 지켜야 하는 선은 있다.

"아니. 그럴 필욘 없어."

그런데 또 이상하게도 무성은 고개를 가로저었다.

"이미 지금쯤 귀곡자는 당했을 테니까."

*　　　*　　　*

"장주님, 마라혈붕에 대한 보고섭니다."

문밖에서 목소리가 울린다.

화를 삭이기 위해 참모들더러 밖에 나가 있으라고 했던 유덕문은 번쩍 고개를 들었다. 지금은 어느 때보다 진무성에 대한 소식이 가장 필요했다.

덕분에 깨닫지 못했다.

수하의 목소리가 다른 때보다 조금 경직되어 있다는 것을.

"들어오너라."

허락이 떨어진 순간,

쾅!

갑자기 문이 경첩 채로 뜯겨나가더니 안으로 세 사람이 단숨에 쳐들어왔다.

홍가연과 이학산, 그리고 마구유였다.

"쥐새끼 같이 여기에 있었구나!"

"……!"

유덕문은 자신을 향해 송곳니를 훤히 드러내는 마구유를 보고 잔뜩 경직되고 말았다.

그 역시 무공을 익히기는 했으나, 한평생 공부만 했던 그로서는 신주삼십육성의 공격을 당해 내기란 요원한 일이었다.

쐐애애애—액!

마구유의 거치도가 허공을 가로질렀다.

*   *   *

"뭐?"

모용경의 눈이 경악으로 커진다. 그것은 다른 철심검귀들도 마찬가지였다.

귀곡자가 누구인가!

절대 융화될 수 없을 것 같은 새외의 각 세력들을 한데 모아 야별성이라는 걸출한 조직을 만들고, 지난 수십 년간 음지에 숨어서 무신련과 강호의 패권을 두고 다투게 했던 존재가 아닌가.

그런 이가 역으로 지능전에서 진다고?

"귀곡자에게 유일한 패착이 있다면 바로 판을 너무 많이 크게 벌렸다는 거야. 단일 명령 체계가 아닌 연맹체인 덕분에 신경 써야 할 게 너무 많지. 덕분에 수시로 명령을 주고받을 수 있게 이곳에서 얼마 떨어지지 않은 곳에 있을 수밖에 없고."

"……."

"그렇다면 역으로 파고들 수 있는 방법은 많아. 실혼제명술에 정신이 팔린 사이에 이동이 많은 마인의 뒤를 쫓는다면, 그곳이 녀석이 있는 곳이지. 마인으로 변복하거나, 참모들 사이에 섞인다면 침입하기는 더욱 용이할 테고."

"푸하하하하하핫!"

모용경의 어깨가 크게 들썩였다.

녀석은 너무나 간단한 듯 이야기하지만, 그 정신없는 상황에서 언제 이런 패를 준비했던 걸까?

유덕문이 바보가 아니고서야 그런 작전을 예상하지 못했을 리는 없다. 실제로 초왕부 곳곳에는 계획의 진행 유무를 판별하기 위해 유덕문이 심어 놓은 눈이 심어져 있다. 그런데 그걸 고스란히 타고 올라갔다고?

그리고 보니 얼핏 무성이 요 며칠 간 정체를 숨기고 초왕부를 살폈다는 말을 듣긴 했다.

그렇다면 그때 눈을 피할 수 있는 사각지대를 찾은 모양이다. 그게 어떻게 가능한진 모르지만, 그렇지 않고서야 어떻게 이런 일이 가능하겠는가.

영통안과 묵혈관법에 대해서 모르는 모용경으로서는 그저 지레짐작하는 것이 전부였다.

그는 웃음을 그치고 입꼬리를 말아 올렸다.

"좋아. 그럼 귀곡자의 머리통은 네가 챙겼다면. 거래 자체가 성립하지 않지 않나?"

"아니. 충분히 성립해."

무성은 고요한 눈빛으로 말했다.

"귀곡자의 복수를 하지 마. 그게 조건이야."

"눈을 감아 달라?"

"그래."

"하하하하하핫!"

말이야 복수를 하지 말라는 거지, 이번 일에서 아예 손을 떼란 의미다.

'귀곡자, 그놈이 왜 그렇게 마라혈붕이라는 이름을 입에 담고 살았는지 이제 알겠어.'

아직 나이도 어리다고 들었다. 그런데도 그 긴박한 상황 속에서도 반격의 실마리를 다 마련해 뒀을 줄이야.

아마 모르긴 몰라도 녀석이 마련한 패는 이게 전부는 아닐 것이다.

앞으로도 계속 있겠지.

어쩌면 야별성의 존폐마저 위태롭게 만들 패가 있을지도 모른다.

'그럼 내 목도 일부러 붙여 둔 건가?'

이쪽은 승부를 걸 때 목숨을 다했지만, 녀석의 실력을 생각해 본다면 모용경의 목은 쉽게 칠 수 있었을 것이다.

그런데도 목을 붙여 둔 이유는 단 하나.

'시간 벌기.'

일행들이 무천전에 무사히 당도하고, 귀곡자에게 깔아둔 숨겨 둔 칼이 작동할 때까지의 시간.

그리고 힘을 비축하려던 이유도 있었을 것이다.

모용경을 베고 철심검귀 전체와 싸워서는 자신도 힘들 터이니.

거기다 거래를 이용해 물리기까지 한다면 금상첨화다.

탁!

모용경은 손으로 무릎을 쳤다. 결정을 내렸다.

"좋다. 해남검문은 이번 일에서 물러서지."

"그럼……."

"단, 이쪽도 조건이 있다."

"말해."

내기에 무성이 조건을 걸었으니, 이쪽도 거래에 조건을 걸어야 그나마 체면이라도 살지 않겠나. 그렇지 않아도 수하들이 도끼눈을 뜨고 뒤에서 째려보고 있는 터라 등이 따가울 지경이었다.

"친구가 되자."

"뭐?"

뜻밖의 말에 무성의 눈이 커진다.

'흐흐흐! 너는 뚱하게 있고 나만 놀라면 짜증 나잖아?'

모용경이 웃으며 말했다.

"친구 먹자고. 대륙 놈들 중에서 너 같은 놈을 만나 본 적이 없어서 말이야. 어리고, 강하고, 머리까지 똑똑한 친구라면 앞으로 본문의 행사에 큰 도움이 될 테지."

"……."

"더불어 본문은 야별성에서 나오겠어. 어차피 마음에 안 들던 작자들이라 언제는 손 털려고 했었는데 이번이 기회인 것 같다. 귀병가와 손을 잡고 싶은데, 괜찮겠나?"

바다를 건너온 해남검문의 포부는 단 하나다.

군림천하!

야별성과 손을 잡은 것은 당대 최고 세력인 무신련을 거꾸러뜨릴 수 있기에 택한 것일 뿐. 하지만 그들에게 미래가 보이지 않고 다른 이에게 미래가 보인다면 그와 손을 잡는 게 옳다.

"이렇게 충동적으로 결정해도 괜찮나?"

"뭐, 어때? 어차피 해남검문은 내 껀데. 지들이 뭐라고 하겠어? 그냥 수장이 까라면 까야지."

"에고고고. 저런 걸 문주라고 두고 있는 우리 신세가 처량하다."

"우리도 이참에 해남검문 탈퇴하고 저기 있는 귀병가에나 들어갈까?"

"오, 그거 좋은 생각인데? 히히히히!"

모용경은 시시덕대는 녀석들을 향해 주먹 감자를 날려 버리곤 다시 무성에게 물었다.

"대답은?"

"⋯⋯좋아."

어차피 무성에게도 나쁠 건 없는 조건이다.

결국 두 사람은 손을 맞잡았다.

전장에서 맺어진, 전혀 생각지도 못한 인연의 시작이었다.

무성은 무천전 쪽으로 사라졌다.

모용도는 피곤한 눈으로 하품을 쩍 벌려 하다가 곧 자신의 형인 모용경을 보며 물었다.

"이제 어쩔 거야?"

"뭘 말이냐."

"이번 일. 정말 포기하려고?"

"어."

"여태 귀곡산장에게서 받았던 빚은?"

"그건 이미 계산 끝났어. 저들을 도와주는 대가로. 목숨을 걸고 진무성을 막았던 대가로. ⋯⋯그리고 너희들을 살린 대가로."

모용도가 고개를 갸웃거린다. 다른 철심검귀들도 여전히 이해 못 한 표정이었다.

"우리들을 살린 대가라니?"

"너희들, 설마 순진하게 진무성이 실력이 안 돼서 우리를 살려 뒀다고 생각하는 건 아니겠지?"

"뭐야, 그럼? 우리를 봐줬단 뜻이야?"

"하! 놈이 무신이라도 될까? 아무리 내가 이번에 밀렸다고 해도 일대일 생사결을 벌였을 때 질 거라고 생각지는 않는다."

"그럼 대체 뭔 뜻이야?"

모용도는 두 눈을 끔뻑거렸다.

뭔가 말의 어귀가 맞지 않았다.

"녀석이 가진 패가 귀곡자만 잡는 데에 있는 게 아니란 뜻이다. 어쩌면 이 자리에서 야별성, 그 존재 자체를 뒤집을 패를 갖고 있는 것 같았어."

"……!"

"무, 문주! 그게 무슨!"

다른 철심검귀들이 경악해 소리친다.

하지만 모용경은 진지했다.

"구천마종이 당하고, 소뇌음사가 전멸했다. 그런데 그동안 너희들, 북해의 귀신 놈을 본 적 있냐?"

흉망과 흑시총의 귀영강시를 말한다.

"그러고 보니……!"

"그 놀기 좋아하는 작자가 아직 보이지 않는다는 건 무슨 수를 썼다는 뜻이지. 거기다 귀곡자를 잡기까지 했다면……이곳 초왕부는 애초에 우리 야별성의 것이 아니라, 저놈의 손

아귀에 있었단 뜻이 된다."

"······!"

"······!"

모용경은 콧방귀를 꼈다.

"그런데 거기다 대고 뛰어다니라고? 이제야 겨우 쌓은 본문의 저력을 날려 버릴 일이 있나? 마라혈붕, 저놈은 애초에 우리들과의 거래 따윈 필요도 없었어. 그저 시간을 벌고 우리의 눈을 가리기 위해 적당히 둘러댔을 뿐이지. 그걸 내가 눈치채고 물러서니 저쪽에서도 웃고 넘어간 것이고."

모용도는 할 말을 잃다가 끙 하고 앓는 소리를 내며 물었다.

"만약 그런 게 없다면? 형이 너무 깊게 생각한 걸 수도 있잖아?"

"물론 그럴 수도 있지. 그러니 한 발자국 물러서서 지켜보자는 거다. 야별성에게서 완전히 탈퇴를 한 것도 아니고, 귀병가와도 어느 정도 관계를 구축한 상태에서."

모용경의 눈이 반짝거린다.

모용도는 고개를 절레절레 흔들었다.

그는 형의 성격을 아주 잘 안다.

자신의 안위보다도 문파의 존망을 소중하게 여긴다.

신의는 그다음 문제다.

아마 속으로 수십 번도 고민했으리라.

야별성의 행태가 마음에 들지 않으면서도 그동안 뜻을 함께한 것은, 그만큼 그들이 제시한 앞으로의 미래와 귀곡자에게 진 빚이 있기 때문이다.

그 마음을 꺾기까지 얼마나 고민했을까.

그래서 마음이 고마우면서도 조금 얄미웠다. 작게 투덜거렸다.

"방금 전까지만 해도 머리 굴리는 것들이 제일 짜증 난다고 해 놓고는, 자기가 딱 그 꼴이네."

"뭐, 인마?"

"응? 왜? 내가 무슨 말했어? 얘들아, 내가 무슨 말했나?"

"아니. 못 들었는데."

"문주도 왜 그래? 죄 없는 부문주나 잡고."

"끄응. 이것들이…… 하여간 두고 보자."

모용경은 모른 척 딱 잡아떼는 철심검귀들을 보면서 이를 잔뜩 갈다가 곧 몸을 돌렸다.

"자, 이만 돌아가자."

"어디로 갈 건데?"

"어디긴 어디야. 당연히 재미난 구경하러 가야지."

모용경은 씩 웃었다.

"무천전."

*　　　*　　　*

무성은 무천전으로 경공을 펼치는 내내 슬쩍 웃었다.

'눈치가 빠른 자였어.'

태도는 경망스러워도 뛰어난 무위와 판단력을 지닌 자다. 비록 아군을 상당수 피해 입히긴 했지만, 적아의 구분이 어려운 강호에서 그만한 자를 편으로 만드는 것은 귀병가로서도 큰 도움이 된다.

무엇보다 야별성의 전력을 깎았다는 측면에서 가장 좋지 않은가.

야별성을 구성하는 세력은 모두 일곱 개.

그중 상당수가 깎여 나갔다.

구천마종, 소뇌음사, 그리고 귀곡산장. 거기다 해남검문이 탈퇴를 선언했다.

벌써 절반 이상이 사라진 것이다.

이제 남은 것은,

'몸뚱이를 쳐야지.'

무성의 두 눈이 귀화로 타올랐다.

*　　　*　　　*

소란이 스치고 간 대지 위.

"으아아아아악!"

주호는 분통을 터뜨렸다.

그는 양손으로 얼굴을 감싸며 고통을 호소하다가 한참 후에야 얼굴에서 손을 뗐다.

그의 얼굴은 온통 상처투성이였다.

검흔(劍痕)이다.

정확하게는 검편에 의해 난 상처.

진무성이 남기고 간 이기어검은 정말로 끈질겼다. 피하려 하면 악착같이 따라붙고, 부수려 들면 널찍이 달아났다가 다시 빈틈을 파고든다.

결국 그의 발목이 묶인 사이 많은 일들이 벌어졌다.

구천마종이 궤멸에 가까운 타격을 입고, 소뇌음사가 전멸하고 말았다. 실혼제명술이 실패하고 마신환상대진이 파괴되었다.

지난 세월 동안 쌓은 모든 업적이 무너진 것이다!

뒤늦게야 이기어검을 부술 방도를 찾고 반격을 꾀하려 했지만, 녀석은 그것을 눈치채고 파산검휘를 날렸다.

갑작스러운 폭발에 주호는 검편을 고스란히 뒤집어쓰고 말았다.

그리고 남은 결과가 흉측한 몰골이다.

이까짓 상처 따위에 천변만화공으로 얼마든지 숨길 수 있다지만, 그의 자존심에 남은 상처는 어찌 숨긴단 말인가. 아버지를 버리면서까지 올리고자 했던 대업은 대체 어디서 찾을 수 있단 말인가!

그래서 주호는 달렸다.

진무성을 찾아서.

녀석을 찢어 죽이기 위해서!

그래야만 속이 풀릴 것 같았다.

그러나 녀석은 증발하기라도 했는지 흔적조차 찾을 수가 없었다.

답답한 마음에 포효를 내지른다.

하지만 속은 도무지 풀릴 기미가 보이지 않았다.

이제 어떡하면 좋을까?

이대로 대업을 포기해야 한단 말인가? 이 주호가? 치평군이? 적룡마제가?

반전을 생각하던 주호는 한 가지 생각에 미쳤다.

귀곡자.

그라면 지금쯤 이곳의 상황을 꿰뚫어 봤을 터.

그렇다면 다른 방책도 강구하지 않았을까?

생각이 그치자 주호는 곧장 귀곡자 유덕문이 있는 장소로 이동했다.

그리고 거기서 마주쳤다.

"대, 대종주! 나 좀 구해 주시오! 놈들이……!"

이학산과 홍가연, 그리고 마구유에게 악착 같이 쫓기고 있는 유덕문을.

*　　　*　　　*

쉭!

직배도가 살존의 몸을 자른다.

하지만 그것은 허깨비다.

이형환위!

신법이 경지에 이르면 잔상이 남을 정도로 빠르게 움직일 수 있다.

살존이 자랑하는 삼대 절기 중 월광이 그랬다.

월광유망!

달을 등지며 뛰어오른 그는 석대룡의 공격을 무위로 돌리며 몸을 틀었다. 폭이 좁은 협봉검이 뽑혀 나오면서 순식간에 허공은 열두 개의 검기로 가득 찼다.

역시나 그의 절기, 도효다. 정확한 이름은 도효십이살.

쉬시시식!

"쳇! 귀찮게시리!"

석대룡은 짜증 난다는 듯이 침을 '퉤!'하고 뱉으며 뒤로 물러섰다.

대신에 그 자리에는 고황이 섰다.

고황은 주먹을 꽉 쥐더니 허공에다 뻗었다.

그러자 그의 몸 주변을 휘감고 다니던 칼바람이 쐐액, 쐐액, 날카로운 소리를 내면서 검기를 모조리 막았다.

퍼퍼퍼—펑!

폭죽처럼 대기가 떨린다.

문제는 고황이 뿌린 칼바람이 검기보다도 훨씬 많다는 점이었다.

살존은 지상에서 오 장이나 되는 높이에서 팽이처럼 몸을 뱅그르르 돌렸다. 달빛을 닮은 검기가 파문을 그리면서 퍼져 나갔다.

따다당!

그렇게 칼바람을 튕겨 내는 사이, 갑자기 등 뒤에서 음습한 그림자가 나타났다.

감히 살수의 제왕인 자신을 상대로 은신술로 접근을 시도하다니.

"허튼짓!"

살존은 협봉검을 풀고 칼바람의 면을 밟고 일 장 더 높게 뛰어올랐다.

그야말로 허공답보에 가까운 신법!

천리비영이 뿌린 비수들이 아슬아슬하게 살존이 있던 자리를 통과한다.

그사이 살존은 천리비영의 머리 위에서 몸을 반전하면서 아래로 협봉검을 내리쳤다. 천리비영의 정수리가 훤하게 보였다.

쐐애애애액!

"비영! 비켜라!"

바로 그 순간, 석대룡의 외침에 천리비영의 신형이 갑자기 거짓말처럼 사라졌다. 살존이 그러했듯이 천리비영도 이형환위로 자취를 감춘 것이다.

대신에 바로 아래에서 살존을 맞이한 것은 바로 조철산이었다.

"자네, 이제 좀 죽어 줄 생각 없나?"

징, 징!

조철산은 하나로 합친 장창에다 한계까지 강기를 담았다. 덕분에 장창은 금방이라도 폭발할 것처럼 거칠게 포효를 해댔다.

그것을 앞으로 쭉 내뻗었다.

대기가 거세게 밀려났다.

콰콰콰콰―콰!

엄청난 양의 강기가 폭풍을 동반하며 그대로 살존을 엄습했다.

살존은 이를 악물며 협봉검을 아래로 내리쳤다.

심법, 신청유공이 사지 백해로 내뻗치며 월광과 도효가 하나로 합쳐졌다.

최근에야 그가 깨달은 힘이다.

삼대 절기를 합친 오의!

월하천칭(月下天秤)!

쿠르르르릉!

강기와 강기가 부딪친다. 폭발이 일어난다.

"큼!"

조철산은 반탄력을 이기지 못하고 고랑을 남기며 삼 장이나 길게 밀려났다. 주변에 있던 다른 홍운재 장로들도 저마다 최고의 절기를 펼치면서 겨우겨우 후폭풍과 함께 날아드는 강기에 방비해야 했다.

쿠쿠쿠……

먼지구름은 한참이나 이어졌다.

조철산은 왼손으로 눈가를 보호하다가 눈살을 살짝 찌푸렸다. 먼지구름 너머가 잘 보이지 않았다.

"죽었나?"

어느새 나타난 고황이 중얼거렸다.

"그럴 리가."

석대룡도 한마디 붙였다.

"저놈이 이런 걸로 뒈질 놈이다?"

"하긴. 그렇겠지?"

조철산의 쓴웃음과 함께,

콰아아—아!

갑자기 먼지구름 너머에서 바람이 불더니 단숨에 먼지가 싹 사라졌다.

그 중심에는 살존이 고고하게 서 있었다.

처음 나타났을 때 모습 그대로.

옷깃 하나 먼지에 묻지 않았다.

"제기랄!"

석대룡은 욕지거리를 내뱉었다. 그렇게 고생을 하면서 합공을 가했는데도 생채기 하나 남기지 못했으니 짜증 나고 억울하기도 한 것이다. 그건 고황과 천리비영도 마찬가지였는지 가만히 살존을 노려보았다.

한때 그들 사이에서 논의를 나눈 적이 있었다.

무신 백율을 제외한다면 누가 가장 강한가?

어찌 보면 한때 무신 백율의 숙적이라고 해도 과언이 아닐 스스로들의 명예를 꺾는 이야기일 수도 있었지만, 장로들은 개의치 않고 논의를 했다.

그리고 내린 결론은 만장일치였다.

살존.

어둠 속에서만 살아가는 살수의 제왕이 뽑혔다.

물론 다른 이들이 듣는다면 의문을 보낼지도 모른다.

쌍존맹에도 살존과 어깨를 나란히 하는 삼존이 있다. 오월의 군주와 촉하의 주인이 있지 않은가. 도리어 제 실력을 보인 적이 없는 살존보다 검존과 독존을 더 높이 쳐야 하는 것이 아닌가?

하지만 홍운재 장로들은 단호하게 고개를 저었다.

살존, 그는 한때,

"옛날과 똑같구만. 그때도 우리가 전부 달려들어도 끄덕도 안 하더니."

석대룡이 자근자근 씹듯이 중얼거렸다.

그랬다.

십 년 전, 살존은 홍운재 장로들의 합공을 받은 적이 있었다. 이 자리에 있는 네 명의 장로들뿐만 아니라, 홍운재 전체가 동원된 전투였다.

하지만 결과는 홍운재의 패배.

옷깃조차 닿을 수 없으니 상처를 입힐 수가 없고, 그가 날리는 일격 하나하나가 간담을 서늘케 하니 방어하기에 급급하다.

만약 살존을 잡으려면 과거에 사라졌던 창마가 다시 나타나야만 가능하지 않을까 하고 농을 던질 정도였다.

그런 창마도 얼마 전에 나타났지만.

그것도 살존과 아군이라는, 아주 극악한 형태로.

"그래도 그때보단 낫다고 생각하지. 당시엔 홍운재 전부가 달려들어도 역부족이었으니까. 하지만 지금은 우리 넷으로도 어느 정도 수세에 몰지 않았나?"

조철산의 긍정적인 말에 석대룡은 앓는 소리를 냈다.

"끄응. 그렇게 좋게 말하면 좋긴 한데. 아아아! 하여간 짜증 나! 저 쥐새끼 좀 어디 잡을 순 없나?"

그때였다.

문인산이 앞으로 나섰다.

"이번엔 제가 한번 나서보지요."

살존은 인상을 찡그렸다.

"귀찮군."

그는 여기에 갇혀 있는 내내 자신의 몸을 육박해 들어오는 수많은 병장기들이 짜증 나기만 했다.

높이 도약해 석대룡의 직배도를 피한다 싶으면, 곧장 허공에서 고황이 내뿌린 칼바람이 그를 맞이한다. 제비돌기로 몸을 틀면서 검으로 이를 모두 튕겨 내면 곧장 천리비영이 바짝 따라붙어 아홉 개의 비수를 뿌려 팔방을 점한다.

이것을 다시 겨우 튕겨 내고 몸을 뒤로 물리면 어느새 그 자리에 대기하고 있던 조철산이 쌍창으로 허리를 갈라 오고, 그것을 피하면 석대룡이 바짝 따라붙고, 그 뒤에는 고황이 다시 칼바람을 흩뿌리고…….

그렇게 연수합격이 다람쥐 쳇바퀴처럼 계속 굴러간다.

녀석들은 한 치의 오차도 없다.

방금 전 겨룬 전투도 그 과정의 일환에 불과하다.

백호기군과 홍염기군을 사냥하려던 계획도 순조롭게 잘 풀리지 않았다.

전멸을 시키거나 실혼인으로 만들어 무신련을 치는데 앞장을 세우려 했건만.

녀석들은 이렇다 할 공격을 하지 않았다.

마치 성벽처럼 몸을 서로 바짝 밀착시켜 방어에만 매진한다. 공격에 특화된 만야월으로서는 방진은 공략하기가 너무 까다로운 전술이었다.

'다른 놈들은 코빼기조차 비치지 않고.'

지금쯤 합류했어야 할, 아니, 벌써 합류하고도 남았을 녀석들이 등장하지도 않는다. 구천마종, 소뇌음사, 해남검문, 흑시총, 심지어 귀곡산장까지!

태엽 바퀴처럼 각 지역에서 맡은 임무를 완성해야만 커다란 계획이 굴러가건만.

대체 다들 뭘 하고 있단 말인가!

거기다 따로 눈에 밟히는 것이 있었다.

"저놈들은 대체 뭐지?"

계속 아까 전부터 눈에 밟히는 놈들이 있다.

이곳, 무천전으로 속속들이 모이는 자들.

처음에는 실혼제명술과 마신환상대진을 피해 달아난 놈들이라고 생각했으나, 그 숫자가 늘어나더니 물경 수백에 달했다.

더군다나 이곳에 있어서는 안 될 존재까지 있었다.

무당과 화산.

이번 일의 주요 골자가 되었어야 할 자들이 나타난 것이 아닌가!

그제야 살존은 계획이 실패했다는 것을 눈치챘다.

자신이 백호기군과 홍염기군을 제압하지 못한 것처럼 다른 자들도 똑같은 전처를 밟은 것이다.

그리고.

"만야월을 에워싸라!"

청운 도장의 명령과 함께 녀석들이 무천전을 차지하고 주변을 삥 에워싸기 시작했다.

덕분에 만야월은 고립무원의 신세가 되었다.

중심부에는 무신련이, 외곽에는 중원의 무인들이.

제아무리 만야월이 날고 긴다 할지라도 새가 되지 않고서야 인의 감옥 속을 어찌 빠져나갈 것인가?

살존은 눈을 가느다랗게 좁혔다.

"네놈의 짓이냐?"

인의 감옥, 그 중심에서 전열을 정비한 문인산이 천천히 걸어 나온다.

그가 담담하게 웃었다.

"무엇이 말입니까?"

"지금의 상황. 우리들의 계획. 모두 헝클어 놓은 게 네놈이 아니냐고 묻는 것이다."

"아닙니다."

"허튼소리."

"정말입니다. 아시잖습니까? 애초 제게 주어진 임무는 당신과 만야월을 잡는 것뿐. 다른 것에는 관심을 둘 여유도 없었지요. 다만, 제가 한 것이라고는 당신이 다른 곳에 개입할 수 없게 발목을 잡아 두는 것밖에는 없었습니다."

순간, 살존은 머리가 띵 하고 울리는 기분이었다.

"발목을…… 잡는다?"

"예."

"하! 하하하하!"

살존은 갑자기 하늘을 보며 웃어 댔다.

문인산도 따라서 빙긋 미소를 지었다.

정작 얼떨떨한 것은 홍운재 장로들이었다. 한평생 살존과 싸워 왔던 그들에게는 살존의 웃음소리가 낯설기만 했다.

그러다 살존의 웃음이 거짓말처럼 뚝 그쳤다.

"누구냐?"

이 일을 만든 사람을 묻는다.

"살존께서도 잘 아는 사람입니다."

"내가 잘 아는 사람?"

살존은 고개를 갸웃거리다 이내 누군갈 떠올렸다.

기왕부에서 보았던 아이.

귀곡자가 그리도 애지중지하던 제자가 파 놓은 함정을 역으로 뒤집어 정주유가라는 기틀을 불살라 버렸던, 조금 과격한 아이.

그리고…… 자신과 똑같은 재주를 부리지만 조금 부족함이 보였던 아이.

"마라혈붕, 그자로구나."

"예."

살존은 주변을 둘러보았다.

무인들이 갖춘 포위망은 점차 좁혀 오고, 백호기군과 홍염기군은 방진을 풀며 드디어 공격을 개시한다.

와아아아!

칼바람이 앞뒤에서 불어닥친다.

숫자가 절대적으로 모자란 반고구십구규는 어디로 갈 곳도 없게 되었다. 망망대해 한가운데에 표류하는 조각배가 되어 언제 풍랑에 뒤집힐지도 모르는 위태로운 신세로 전락했다.

비록 지금은 반고규가 어떻게든 빠른 재주를 이용해 용케 칼날을 피하고 있을지 모르나, 결국 칼날의 감옥 속에 갇혀 쓰러지는 것은 순식간일 터였다.

그리고 힘이 다한 살존, 자신도 마찬가지로.

그가 평생을 투자해 만든 모든 것이 무너지는 것이다.

이 모두가 그 아이가 만든 결과물이란 말인가?

"언젠가는 그런 생각을 했다. 한평생 무신련을 농락하며 살아왔던 나 역시 언젠가 농락당할 일이 생긴다면. 그때는 무신이 아니라 네가 아닐까 하고 말이다."

문인산은 정말 악착같이 만야월의 뒤를 쫓았다. 몇 번은 총단의 위치가 들켜 곤욕을 치를 뻔한 적도 있었다. 그때마다 운 좋게 전력을 빼돌리기는 했으나 간담이 서늘해지곤 했다.

녀석은 그만큼 능력이 좋았다.

혹자는 말한다.

무신련의 대공자는 무신 백율의 뒤를 이을 그릇이 되지 못한다고.

어리석은 소리다.

이공자 영호휘?

그놈은 용은커녕 이무기밖에 안 된다.

그저 야심과 탐욕에 눈이 멀어 사고를 치고 다닐 뿐. 진짜 고난과 역경을 맞아 보지 못했다. 얼마 전에 크게 다쳤다고는 하나, 그로 인해 여의주를 잃고 말았으니 더 이상 승천할 기회란 없다.

무신 백율도 그 사실을 알기에 문인산을 살존에게로 붙인 것이다.

제집에 틀어박혀 아무것도 하지 못하는 독존 따위보다야 살존을 상대해야만 얻는 것이 훨씬 많을 테니.

'나로서는 나를 한낱 관문으로 전락하게 만든 무신에게 화가 나지만.'

하지만 다르게 생각하면 또 그건 아니다.

문인산에게는 충분히 그럴 자격이 있으니까.

그런데 그런 문인산보다 훨씬 큰 존재가 나타났다.

"그 아이를 처음 만났을 때에 아주 위태롭다고 생각했지요. 금방이라도 깨질 것 같았으니까요. 하지만 이제는 어느 누구보다 튼튼합니다. 열을 받아 스스로 두들기면서 단단해 졌지요."

범과 용만 있다고 생각했던 자리에 붕이 내려앉았다. 아니, 날아올랐다. 녀석은 우아하게 날갯짓을 하며 날아오르려 하고 있었다.

시대가 변하는 것이다.

"그래. 그런 것 같구나. 어쩌면 오늘 나와 만야월의 운명은 여기서 그칠지도 모르겠어."

붕의 아래에서 범은 살존을 물어뜯으려 하니.

"하지만 말이다."

살존이 차갑게 중얼거린다.

"아직은 너희 신진들에게 이 시대를 넘겨주고 싶지가 않구나."

그 말이 끝나기 무섭게,

와아아아아!

갑자기 무천전을 둘러싸고 엄청난 함성이 울린다.

백호기군과 홍염기군, 그리고 무당과 화산 따위와는 비교도 할 수 없을 정도로 엄청난 양의 함성!

수천, 아니, 천 단위를 뛰어넘는 일만의 군세가 달려오고 있었다!

초(楚)

　　저 멀리 바람에 나부끼는 수십 개의 깃발을 보면서 살존이 차갑게 웃었다.

　　"어떠냐? 승패는 다시 원점인 것 같은데."

第六章

초(楚)와 기(冀)

초군(楚軍).

그들의 위명은 민중뿐만 아니라, 강호에도 널리 알려져 있다. 아니, 그들의 명성은 위명이라기보다는 악명에 가까우리라.

한때 광동과 복건 주변으로 왜적이 기승을 부린 적이 있었다.

그들의 행패가 얼마나 극심하던지, 나중에 가서는 해안가의 일 리 안에는 개 한 마리 살지 않는다는 소문까지 있을 정도였다.

결국 이를 보다 못한 동해를 수비하던 수군감독이자, 주

산군도를 영지로 두고 있던 오왕(吳王)이 초왕부에 전갈을
보냈다.

　　왜적이 기승을 부리고 있으니 군사를 빌려 주시오.

　이에 초왕은 직접 거병을 해 오왕의 영지로 향했다.
　그리고 승리를 거뒀다.
　하지만 이를 두고 어느 누구도 초군의 업적을 칭찬하거나
찬탄을 보내지 못했다.
　초군은 정말 모든 걸 쓸어버렸다.
　왜적만이 아니라 오왕의 영지 내에 있는 모든 것을.
　풀뿌리조차 남기지 않고 철저히 짓밟았다.
　흔히 왜적이란 저 바다 건너 동영에서 건너온 것들이라 생
각하기 쉽지만, 이중에는 살기가 팍팍해 해적으로 전락한 이
들을 포함해 갖가지 군웅상들이 다 엉켜 있다.
　초군은 이를 명분으로 삼았다.
　해안가 마을에 왜적을 숨긴 마을이 있을지도 모른다.
　그러니 의심 가는 모든 걸 뿌리 뽑자.
　덕분에 오왕은 재기가 불가능할 정도로 타격을 입고 정계
에서 쓸쓸히 사라져야만 했다. 차기 황권에 가깝다 평가 받던
숙적을 처치할 목적으로 초군이 직접 일을 그리 만든 것이다.

결국 이 일은 모든 황족들이며 군벌들이 초왕부를 경계하게 만드는 결과를 낳았다.

수도에서도 너무 멀리 거리가 떨어져 있을 뿐만 아니라 너무나 강력한 군마(軍馬)를 지니고 있으니.

특히 평소 강호 무림에 관심이 많던 초왕의 지시에 따라 병사들이 하나같이 뛰어난 신공절학으로 무장하기까지 했다.

초군의 기세는 하늘을 찌를 수밖에 없었다.

그런 초군이 나타나 창을 겨누었다.

초군의 선두에는 아주 익숙한 얼굴이 있었다.

주호.

그가 백마에 올라타 있었다.

무성이 이기어검을 날리고 달아난 이후.

그에게 남은 것은 두 가지뿐이었다.

허탈함과 상처.

그러던 차에 우연히 유덕문을 만날 수 있었다.

주호는 곧장 나서서 그를 구했다.

열세라는 것을 깨달은 이학산과 홍가연은 적의 군사를 해치우지 못했다는 사실에 혀를 찼지만 물러섰다. 마구유는 자신의 사형을 해치우고 대리 행세를 한 주호를 잔뜩 노려봤지만 달려들지 않고 역시나 자리를 피했다.

"고맙소. 대종주가 아니었다면 큰일을 치렀을 것이오."

유덕문은 잔뜩 피곤한 기색으로 그렇게 말했다.

"대체 어떻게 된 일이오?"

주호의 질문에 유덕문은 쓰게 웃었다.

"당연한 것 아니겠소? 대종주와 똑같은 신세지. 그자, 마라혈붕에게 당했소."

"역시……."

"아무래도 평소 대동하고 다니던 청성과 아미의 고수에게 미리 지시를 내렸던 모양이오. 덕분에 이쪽의 위치가 들켜 그만……."

유덕문은 뒷말을 잇지 않고 입을 꾹 다물었다.

하지만 주호는 그 내용을 짐작할 수 있었다.

자신과 같은 신세가 되고 만 것이다.

구천천마도를 잃었듯이, 유덕문도 애지중지해서 키웠던 귀곡산장의 주축인 백팔뇌사(百八腦師)가 전부 비명횡사를 당했으리라.

"우리는 이대로 당하고만 있어야 하오?"

주호가 답답한 마음에 물었다.

그러자 유덕문은 잠시 생각을 하더니 이렇게 말했다.

"아니. 일이 완전히 끝나기 전에는 전부 끝난 게 아니오. 방법이 있소. 최후의 방법이."

주호는 그 방법을 듣고 탄식을 흘렸다.

어째서 미처 생각을 하지 못했을까?

아직 그에게는 패가 숨겨져 있다는 것을!

바로 초군이었다.

무성이 마위경연을 엉망으로 만들면서 뿔뿔이 흩어졌다고는 하나, 그들이 완전히 사라진 것은 아니었다. 게다가 초왕부에서 얼마 떨어지지 않은 곳에 정예병들이 머무는 거처가 있었다.

주호는 곧장 유덕문과 함께 움직여 초군을 한데 모았다.

그리고 유덕문이 깔아 두었던 눈들 중 아직 살아 있는 이들의 보고에 따라 적들이 한데 모였다는 무천전으로 곧장 달렸다.

오로지 무성을 짓밟아 버리겠다는 일념 하나로!

황제가 되겠다는 야심을 망가뜨린 녀석의 목을 직접 이 손으로 베어야만 화가 사라질 것 같았다.

그 때문인지 주호의 두 눈은 다른 어느 때보다 분노로 이글거렸다.

일만에 달하는 초군은 이미 무천전을 가득 채웠다.

기창을 높이 세운다.

언제라도 명령이 떨어진다면 당장에 천 명도 안 될 무인들을 단숨에 꿰뚫어 버리고 짓밟으리라.

"다시 말한다. 투항하라. 투항하는 자는 살려 줄 것이다. 하지만 끝까지 저항하는 자들은……."

주호가 비웃음을 날렸다.

"목이 떨어질 것이다."

＊　　＊　　＊

"대공자!"

홍운재 장로들의 얼굴에 급박함이 어렸다.

모두 끝났다고 생각했던 차에 이런 반전을 만나고 말았으니. 더군다나 이렇게 한데 모인 이상 당하기도 쉽다.

"……."

하지만 문인산에게서는 아무런 대답도 없었다.

그저 묵묵히 주변을 둘러본다.

백호기군과 홍염기군은 갑작스러운 일만 정예병의 등장에도 침착함을 잃지 않았다. 오로지 문인산에게서 명령이 떨어지기만을 바랐다.

다행히 다른 이들도 당황할 뿐 동요하진 않았다.

이미 마신환상대진을 겪었기 때문일까? 아니면 무당과 화산이 잘 다독이고 있기 때문일까? 그도 아니면,

'무성을 믿고 있기 때문일까?'

문인산은 피식 웃었다.

'아마도 정답은 이것일 테지.'

만야월과 승부를 억지로 짓지 말고 시간을 끌어 달라고 전음을 보냈던 것은 무성이었다. 그리고 따랐고, 지금의 결과를 맞았다.

무조건적인 신뢰.

지금 문인산이 해 줄 수 있는 것은 그밖에 없었다.

이 두 눈을 내줬을 때처럼 믿는 것이다.

무성을.

그 순간, 별안간 한 가지 생각이 뇌리를 스쳐 지났다.

"그렇구나. 그런 거였어!"

문인산이 갑자기 웃음을 터뜨렸다.

드디어 무성의 노림수를 알았다.

그가 소리쳤다.

"모두 방진을 갖춰라!"

*　　　*　　　*

"무슨 생각을 하는 거지?"

살존은 눈살을 찌푸렸다.

도저히 문인산의 생각을 읽을 수가 없었다.

백호기군과 홍염기군은 다시 처음처럼 전열을 재정비하며 방진을 갖춘다. 다른 무인들 역시 화산과 무당의 독려에 따라 밀집 대형을 취했다.

그들의 두 눈이 굳건하게 빛난다.

절대 물러서지 않겠다는 결의다.

분명 저들에게는 패배밖에 보이지 않건만.

뭘 믿는 거지?

'마라혈붕? 그자 때문에 이들이 하나로 단결한 건가?'

연원도 출신도 다른 이들이?

같은 목표가 있으면서도 합동이 되지 않아 처음부터 계획이 어긋나고 말았던 야별성도 하지 못한 것을 이들이 해냈다고?

그 짧은 시간 사이에?

살존은 곧 생각을 거뒀다.

자신은 칼이다.

생각은 머리에 맡기면 되는 것이다.

탁!

살존은 땅을 가볍게 박차 허공으로 날아올랐다.

주호는 이 상황이 마음에 들지 않았다.

'한낱 시정잡배들 따위가!'

당장 무릎을 꿇고 고개를 조아려도 모자라건만, 끝까지 목을 뻣뻣하게 세울 참인가? 이들은?

좋다.

그렇다면 보여 주리라.

시류를 읽지 못하는 놈들의 최후가 어떨지를.

주호는 몸을 돌렸다.

그곳엔 유덕문이 서 있었다.

"군사, 어쩔 수 없소. 이들은 모두 기회를 버렸소. 그러니 지워야겠소."

유덕문은 눈살을 찌푸렸다.

"어쩔 수 없구려. 세뇌가 안 되면 고독을 심는 정도로 끝나더라도 충분히 쓸 만한 자들이었는데. 투항하지 않는다면 손을 쓸 수밖에."

내심 무인들을 쓸어버리기를 바랐던 주호로서는 반가운 말이었다.

"하면……!"

"그럼 잘 가시오, 치평군."

"설마! 넌!"

주호는 앞뒤가 도저히 안 맞는 말에 무슨 말을 하려다 뒤늦게야 사실을 깨달았다.

자신도 한때 소천혈검으로 둔갑해 무성의 뒤를 밟았지 않앉던가.

그렇다면 녀석 역시……!

퍽!

주호의 생각은 미처 오래가지 못했다. 결론이 내리기도 전에 갑자기 날아든 섬전에 머리통이 분리되어 허공으로 떠올랐다.

그의 아비, 초왕이 그랬던 것처럼.

"저어어어어언하아아아아아!"

갑작스러운 사태에 주변에 있던 장수들이 모두 경악에 잠기고 말았다.

초군 모두의 시선이 반사적으로 뒤로 향했다.

그들의 망막을 채운 것은 땅바닥에 구르는 주호의 머리와 유덕문, 아니, 유덕문의 모습을 한 괴인이었다.

두둑! 두두둑!

괴인은 초군이 상황을 깨닫기 전에 어느새 본래의 모습, 무성으로 돌아왔다.

일만의 시선을 한꺼번에 받으면서도 꿈적도 않았다.

파스스……!

그때 주호의 몸뚱이 위로 검붉은 빛깔을 자랑하는 마기가 안개처럼 스멀스멀 기어 올라왔다.

마령주다.

과거 천마가 이 세상에 남겼다는 마(魔)의 내단.

드문드문 망령의 그림자가 비치는 불길한 기운은 무성의 정수리 위를 크게 한 바퀴 돌다가 이내 일곱 갈래로 나뉘면서 칠공으로 빨려 들어갔다.

무성은 가만히 눈을 감으며 마령주의 기운을 한껏 빨아들였다.

육혈대륜이 맹렬하게 돌아간다.

금구환 옆에 틀어박힌 마령주가 탐욕스럽게 기운을 먹어치웠다.

왜 이제야 찾아왔냐는 듯이.

여태 금구환과 부딪치는 내내 열세였던 터라 같은 기운이 반가울 터였다.

사람들은 멍한 눈길로 그 광경을 지켜봐야만 했다.

"하아아아!"

무성은 한참 후에야 눈을 떴다.

몸 곳곳에 맹렬한 기운이 돌고 있었다.

그는 곧장 사자후를 내질렀다.

"모두 쳐라—!"

쳐라…… 라…… 라…….

갑작스러운 외침에 메아리가 쩌렁쩌렁하게 울린다.

하지만 무천전에 있는 사람들 어느 누구도 이해하지 못했다.

뭘 치라고 하는 걸까?

초군에게 하는 소리일까? 치평군 주호의 머리를 자른 자가 왜 그런 명령을 내리는 거지? 미친놈이 아니고서야 그런 말을 할 리 만무하다.

그렇다면 무인들에게? 하지만 어떻게? 주호가 죽었다고 해도 초군의 숫자만 일만이다. 도리어 분노에 휩싸인 자들이 미쳐 날뛰면 그 피해는 어찌할 텐가?

아주 짧은 순간, 모두의 머릿속에 의문이 잠긴다.

하지만 그 의문이 풀린 것은 금방이었다.

두두두—!

지축이 흔들린다. 대지가 떨린다.

와아아아아—!

거친 함성이 울린다.

일만의 군세가 나타났을 때보다 더 한 함성이다.

그런 함성이 동서남북, 사방에서 동시에 울린다!

"설마?"

무천전의 지붕에 있던 살존은 바쁘게 발을 놀렸다.

가장 높은 용마루에 올라선 순간, 감정 기복이 거의 없는 그의 얼굴이 처음으로 경악으로 일그러졌다.

끝이 없는 인의 물결.

일만? 이만? 아니, 그보다 훨씬 넘을 것 같다.

숫자를 헤아릴 수도 없을 만큼 엄청난 숫자의 병사들이 사방을 옥죄어 오고 있었다.

각지에서 흩날리는 깃발의 모양도 다르다.

오(吳)

동쪽에서는 옛날 초군에 의해 짓밟혔다가 겨우겨우 병력을 추스르기 시작한 오군이 달려온다. 가장 선두에는 오왕이 두 눈을 부리부리하게 뜨고 있었다.

군세의 숫자는 일만.

하(夏)

서쪽에서는 오늘날 친왕들 중에서 가장 조용히 지낸다는 귀주의 하왕이 군세를 보냈다. 연로한 나이 때문인지 얼마 전에 세자로 책봉된 호산군이 섰다.

군세의 숫자는 오천.

월(越)

남쪽에서는 초왕의 영지와 가장 인접한 월군이 달려온다.
그들은 오로지 탐스러운 초왕부의 가산을 약탈할 생각에 눈
이 멀었다. 초왕의 영지를 병탄할 수 있다면 그들은 남쪽 최
고의 군벌이 된다.

군세의 숫자는 이만.

그리고 마지막은,

"역적, 초왕부를 장악하라!"

가장 많은 병력을 자랑하는 군세가 가장 먼저 초왕부에 입
성, 단숨에 무천전까지 넘어온다. 동, 서, 남의 군세를 합친 것
보다도 배는 넘을 법한 엄청난 숫자다.

그들의 머리 위에는 초군도 빛바랠 정도의 엄청난 크기를
자랑하는 깃발이 흩날렸다.

기(冀)

군세의 숫자만 물경 오만.

본래 기왕부를 수호하는 군세가 십만에 달한다는 것을 감
안한다면 절반에 지나지 않지만, 언제 유목민들이 장성 이북
을 내려올지 모르는 까닭에 그 정도가 한계였다.

하지만 그 정도로도 충분했다.

이미 초군의 병사들은 하나같이 안색이 창백하게 변했다.

방금 전까지만 해도 위풍당당하게 창을 들고 있던 손이 부들부들 떨린다. 몇몇은 아예 바지에다 오줌을 지리고 바닥에 철퍼덕 주저앉았다.

이윽고 동, 서, 남에서도 각각 오군, 하군, 월군이 도열했다.

사방을 꽉 옥죄는 군세의 물결.

그들 모두가 무천전은커녕 초왕부에도 입성하지 못할 정도이기에 상당수는 외곽을 포진했다.

하지만 그것만으로도 충분했다.

여차하면 공성전을 벌일 수 있도록 충차를 비롯해 화포와 투석기를 동반한 공성 병기까지 대동했으니.

어느 누가 보아도 초군에게 희망 따원 눈을 씻고 찾아볼 수가 없었다.

덜덜덜…….

'떨고 있단 말인가? 이 내가?'

살존은 뒤늦게야 협봉검을 쥐고 있는 오른손이 떨린다는 것을 눈치채고 재빨리 왼손으로 눌렀다. 하지만 떨림은 도무지 쉽게 그치질 않았다.

한평생 조정과 황실 따원 눈 아래로 보았던 그가 아니었던가.

황제의 머리통 따위 언제든 마음만 먹으면 주머니에서 꺼내는 건 손쉬울 거라 여겼다. 제아무리 백만에 달하는 군세를 호령하는 황제라 해도 칼날 앞에서까지 무사할 수는 없을 테니.

하지만 그런 살존의 생각이 처음으로 깨졌다.

팔만 오천이다.

거기다 여기에 있는 무인들까지 합친다면 거의 구만에 가깝다. 십만 군세라고 해도 과언이 아닌 것이다.

그들이 일제히 내뿜는 기세는…… 살존을 충분히 압도하고도 남았다.

제아무리 날고 기는 고수라 할지라도 십만에 달하는 정예병을 당해 낼 수는 없을 테니.

바로 그때 무성이 앞으로 나섰다.

처처처척!

기다렸다는 듯이 오만의 군세가 일제히 부복한다.

"장군을 뵙습니다!"

"장군을 뵙습니다!"

이들 중 다수가 귀병가에서 수련을 받은 적이 있는 이들이다. 당연히 무성에 대한 충성심이 대단했다.

무성은 가만히 고개를 끄덕였다.

그들 앞으로 한 사내와 여인이 앞으로 나섰다. 사내는 외팔에 비릿한 인상을 지닌 간독이었고, 여인은 기군의 총책임을 맡은 벽해공주 주설현이었다.

무성은 간독의 어깨를 두들겼다.

"수고했다."

"귀찮은 애송이 같으니라고. 딱 보니 신세도 훤하구만 뭐이 먼 길을 가라고 그러는 거야? 가뜩이나 할 일도 많아 죽겠구만."

"그래도 기왕 전하가 시킨 것이니 따라야지?"

"물주가 아니었으면 듣지도 않았어!"

간독의 말에 주설현이 인상을 살짝 굳혔다. 자신의 아버지에게 그렇게 말하는 것을 좋아하는 사람은 없으리라.

하지만 간독은 당당했다.

"뭐? 문제 있어?"

주설현은 고개를 가로저었다. 이미 귀병가에서 숱하게 겪어 보지 않았던가. 이런 일은 그냥 무시하는 게 훨씬 속 편했다.

대신에 그녀는 무성에게 서찰을 내밀었다.

"아바마마께서 가주께 보내는 전서예요."

무성은 공손히 예를 갖추며 전서를 받았다. 어쨌든 명목상으로 그는 기왕의 신하였으니.

내용을 살핀 그는 잠시 주설현을 보았다.

주설현이 괜찮노라 고개를 끄덕이자, 무성은 다시 일어서서 뒤로 돌아섰다.

그의 무심한 눈길이 초군에게로 향한다.

초군의 진영 내로 긴장이 가득 흘렀다.

그리고,

"역모를 저지르기 위한 초왕부의 간악한 계책은 이미 낱낱이 파헤쳐져 만천하에 고해졌는바. 이에 황상께서는 분노하심에 역당 주상태 및 주호 일파를 모두 토벌하라는 어명과 함께 초왕 주변에 있는 각 왕지에 명을 하달하는 한편, 기왕 전하를 토벌군의 총사령군으로 임명하셨다. 나, 진무성은 지금부터 기왕 전하를 대리해 초왕의 왕부를 해체하고 그들 일족의 죄상을 밝히고자 한다."

무성의 외침은 너무나 속속들이 잘 들렸다.

무인들은 환호를, 초군은 좌절을 느꼈다.

'아아.'

이어서 나올 무성의 말이 무엇인지 눈으로 보지 않아도 훤했다.

초왕부와 야별성이 기왕부와 무신련에다가 씌우려던 죄를 반대로 돌리려 하지 않겠는가.

"이에 명한다. 초왕부의 해체를 선언하며 그들을 도와 흉계를 꾸몄던 야별성에게 이 죄를 묻겠노라. 야별성에 가담한 자, 동의한 자, 눈을 감아 준 자, 어느 누구를 막론하고 형벌을 피할 수 없을 것이다."

사형 선고다.

'역시나.'

살존은 두 눈을 질끈 감고 말았다.

第七章

붕익신마기(鵬翼神魔氣)

초군이 할 수 있는 일이라고는 아무것도 없었다.

점차 다가오는 토벌군 앞에서 창을 떨어뜨리고 투항하는 이들이 대부분이었다.

그러나 개중에는 끝까지 저항하려는 작자들도 있었다.

초왕부의 녹을 먹고 살던 신하들은 역모의 굴레가 씌워진 순간, 자신들의 운명을 직감했다.

여기서 항복한다고 한들 모진 고문 끝에 단두대에 목이 떨어질 터였다. 가족들은 노비로 팔려 나갈 현실 앞에서 제정신을 붙잡을 수 있는 이는 아무도 없었다.

하지만 그런 이들의 반발은 너무나 쉽게 제압되었다.

위기의식을 느낀 수하 제장들의 배신으로 목이 잘려나갔다. 혹시 죄가 참작되지는 않을까 하는 이들의 행동으로 초군은 급속도로 붕괴했다.

그렇게 오, 하, 월의 삼군이 토벌군을 포박하는 동안 토벌연맹군의 수장 역할을 맡은 기군은 주설현의 지시 아래에 빠르게 초왕부를 접수하기 시작했다.

금고를 물색하고 서류를 압수한다.

이 모두가 초왕부의 역모를 밝힐 증거들이었다.

그 과정에서 목숨만 붙어 있던 초왕부의 일왕자와 이왕자가 추포되었고, 수많은 공주들과 비빈들이 압송되었다.

주설현은 절대 초왕부에 편의를 제공하지 않았다.

그들로 인해 기왕부가 얼마나 위험에 처했던가.

천성이 착한 그녀라고는 하나, 어린 시절부터 무공을 익힌 까닭에 '눈에는 눈, 이에는 이'라는 문장을 가슴에 품고 살아왔다.

당연히 초왕부를 해체하는 데 일말의 망설임도 없었다.

그렇게 강남을 호령하고 나아가 황위까지 노리던 군웅의 심처가 역사의 뒤안길로 사라지고 있었다.

뚜벅. 뚜벅.

무성은 천천히 앞으로 나섰다.

저 멀리 무천전의 용마루에 가만히 서서 두 눈을 감고 있는 살존이 보인다.

분명 방금 전까지만 해도 사위를 짓누르는 패기를 풍기고 있었건만.

지금은 아무런 기운도 느껴지지 않는다.

아니, 덩치가 왜소해진 듯한 느낌이 풍겼다.

이미 모든 것을 포기하기라도 한 것일까?

그 순간, 살존이 다시 눈을 떴다.

번쩍!

사위를 밝히는 한 쌍의 불꽃이 타올랐다.

그 눈을 보는 순간, 무성은 깨달았다.

'모든 걸 불태울 셈이로군.'

회광반조, 촛불은 마지막 촛농을 사를 때에 다른 어느 때보다도 화려하고 거칠게 타오른다고 한다.

녀석이 그러했다.

"기왕이 황궁에 들렀다더니 그 사이에 토벌군이 조직된 모양이지? 지금의 황제는 병환이 있어 사리 판단이 흐트러져 있다고는 하나, 막내아우인 초왕을 각별히 아끼거늘. 그런데도 그렇게 호락호락하게 넘어간 것인가?"

"황상을 설득하는 것은 그리 어렵지 않았소."

"뭐라고 했지?"

"'초왕이 무림왕이 되려 한다.'"

"그렇군. 확실히."

대대로 황실은 야인의 세상인 무림을 멀리해 왔다. 그런 곳을 손에 넣는다면 황실이 위협해질 수밖에 없으니.

의심암귀(疑心暗鬼).

의심은 마음속에 귀신을 낳는다.

특히 친형제지간일지라 하더라도 오랜 세월 동안 얼굴을 맞대지 않았다면 각별한 마음도 빛을 바랜다. 하물며 권력은 부모자식 간에도 나누지 않는다고 하지 않았던가.

"그래도 이 많은 대군이 조직을 이끌고 초왕부로 오지 않았던가? 나의 눈과 귀곡자의 귀를 어찌 피한 것인가?"

살존의 눈은 어둠 속에서 천하를 관조한다. 만야월이 걸러 내지 못하는 정보는 어디에도 없다. 심지어 황제가 그날 아침에 먹은 식사까지 알 정도라고 한다.

유덕문의 귀도 다르지 않다. 정주유가가 몰락했다고는 하나, 그가 정계에 뿌려 둔 사람은 많다. 그들이 조정에 숨어 있는 한 절대 이 사실을 숨길 수 없었을 텐데?

아니, 그 정도를 넘어서서 십만에 가까운 군세가 각지에서 움직였다.

그런데 소식이 들리지 않았다는 게 비상식적이다.

"눈이야 가리면 그만이고, 귀야 닫으면 끝이 아니오?"

"눈과 귀를 가렸다?"

"아실지 모르겠지만, 본가 역시 음지에 구축한 비선이 꽤 튼튼하다오. 아마 모르긴 몰라도 만야월에 못지않다고 생각하오. 특히 본가의 총관인 간독은 꽤 수완이 좋아서 그대가 이곳에 집중한 동안에 만야월의 모든 것을 파악했다오."

살존은 저 멀리 기군의 틈 사이에 있는 외팔이 사내, 간독을 보았다.

간독이 이쪽을 보며 씩 웃으며 손을 흔들었다.

"문인산과 손을 잡았군."

문인산이 만야월에 대해 조사한 바를 무성에게 넘겨준다. 간독은 이를 전달받아 빠르게 휘몰아쳐 만야월을 급습한다.

눈은 이렇게 가려진다.

"산동 곡부는 아마 지금쯤 세상에서 지워졌을 거요."

"그런가?"

과거 노나라의 수도가 있었던 곳에는 만야월의 비밀 총단이 숨어져 있다. 이미 무신련과 귀병가는 그들의 턱 밑까지 치고 들어왔던 셈이다.

"하면 귀는?"

"눈을 가리는 것과 동시에 황명에 따라 동창이 움직였소. 제아무리 유덕문이 날고 긴다 할지라도 동창을 막을 수는 없지 않겠소?"

"확실히 그들이라면 가능하지."

태감이 운영하는 동창은 황실의 그림자다. 그들이 지나는 자리에는 풀 한 포기 안 난다고 할 정도로 고위 관료들도 두려워한다. 당연히 유덕문이 조정에다 깔아둔 비선도 이미 진즉에 파악해 뒀으리라.

"토벌군 조직도 비밀스럽게 명령이 하달되었소. 초왕부에서 눈치채기 전에 움직여야 한다며 거의 쉬지 않고 산야로 강행군을 했다고 들었소."

"그대가 초왕부에 숨어들어 야별성의 이목을 끌어들이는 동안, 뒤에서는 다른 일들이 진행되고 있었…… 그 말이로군."

"사실 나도 적잖게 놀랐소. 일이 이렇게 수월하게 풀릴 줄은 몰랐다오."

기왕이 황제를 설득하는 것이 실패했다면.

동창이 유덕문의 끄나풀을 모두 색출하지 못했다면.

토벌군 조직을 명받은 다른 세 왕부 중에서 한 곳이라도 초왕부에다 이를 흘리기라도 했다면.

하나라도 어긋났다면 곤욕을 치렀어야 했으리라.

"사실 이번 일은 어디까지나 초왕부와 정주유가를 축출하는 데에만 집중했었소. 야별성의 한쪽 팔을 자를 수 있다면 충분하다 여겼지. 그런데 이처럼 야별성 대부분이 동원될 줄은 몰랐으니. 정말 아슬아슬했다오."

"그랬지."

살존은 고개를 끄덕이며 말을 이었다.

"하지만 결국 우리는 실패했고 그대는 웃었다."

무성은 대답 없이 웃었다.

"이로 인해 야별성은 반 토막이 나고 말았다. 아니, 어쩌면 그 이상이다. 새외에 근거지를 두고 있던 우리는 이번 일로 중원에 마련한 모든 기반을 송두리째 날리고 말지 않았더냐. 무신련과 대적하기 위해 준비한 것들이 십 년은 넘게 후퇴했다고 봐야겠지."

무성은 고개를 끄덕였다.

"진짜 귀곡자는 어디에 있느냐?"

"잘 모시고 있소. 하지만 구출할 생각은 하지 않는 게 좋을 거요. 꽤 까다로울 터이니."

"그렇겠지. 어차피 그럴 생각도 없다."

살존은 짙은 한숨을 내쉬었다.

그 짧은 시간 사이에 십 년 넘게 늙어 보였다.

"분명 얼마 전까지만 해도 엉성하기 짝이 없는 아이였건만. 언제 그 사이에 그리도 많이 채워 넣었던가?"

기왕부에서의 대면을 말함이다.

거기서 살존은 말했다.

아직 많이 부족하다고.

무성이에게 반편이에 불과하다고 말했다.

"쉬지 않고 달리다 보니 그리 되었소."

"달리니 그리 되었다?"

살존은 작게 중얼거리며 말의 의미를 곱씹었다.

그러다 묵묵히 고개를 끄덕였다.

"확실히. 나는 그동안 정체되어 있었던 것인지도 모르지. 무신을 꺾겠다는 일념 하나로 달렸을 때도 있었으나, 어느샌가 이만하면 되었다고 여겼던 모양이야."

만야월을 세웠다. 야별성을 일궜다. 삼존에 올랐다.

이미 그 자체만으로도 대종사의 반열에 올랐단 뜻이다.

시대를 잘못 태어난 것이다.

다른 때에 태어났더라면. 무신이 없는 세상에 일어났더라면. 그때라면 살존이라는 존재는 '존(尊)'이라는 호칭 대신에 '신(神)'이란 존칭을 얻었을지도 모른다.

"아니. 그것도 핑계이겠지. 무신이 있었기에 이만큼이나 달려올 수 있었던 것이니. 아마도 그가 없었더라면 여기에도 오르지 못했겠지."

말투 곳곳에 쓴웃음이 묻어난다.

"나는, 이 몸은, 결국 어둠에만 있어야 할 그릇에 지나지 않았던가? 반딧불은 달이 아닌 해를 동경하면 안 되었던 것인가?"

살존은 무성을 지그시 내려다보았다.

"그런 것인가, 마라혈붕이여?"

"아니오."

무성은 단호하게 고개를 저었다.

"하면?"

"그대가 반딧불이라면 나는 하루살이에 불과했소. 아니, 그조차도 되지 못했지. 하지만 지금 나는 이렇게 그대와 나란히 서고 있소."

"왜 그렇지?"

"당신들이 있었기 때문이오."

살존의 눈동자가 흔들렸다.

"우리들이…… 있어서?"

무성은 무겁게 고개를 끄덕였다.

"그렇소."

"허!"

"그대에게 무신이 있었듯, 나에게는 그대들이 있었소. 북궁민이, 영호휘가, 삼존이, 그리고 무신이 있었소. 언젠가는 오르고 마리라 악착같이 물고 늘어졌더니 그나마 이렇게 사람 구실을 하게 되었소."

무성은 숨을 고르며 말을 이었다.

"그리고 내게는 사람이 있었소."

"흐음!"

"간독이, 남 소저가, 문 공자가, 그리고 이와 같은 동료들이."

살존은 무성의 주변을 둘러보았다.

두 눈을 부리부리하게 뜬 존재들이, 평상시라면 자신의 눈을 똑바로 쳐다보지도 못할 이들이 그를 똑바로 쳐다보고 있었다.

"하지만 당신에게는 누가 있었소?"

"내게는……!"

살존은 무어라 말을 하려다 이내 고개를 저었다.

"없었군."

말투에 회한이 어린다.

"만야월은 나의 수족일 뿐 동료는 아니었지. 야별성은 서로 저마다 다른 야욕을 가진 이들의 집합체였을 뿐. 그렇구나. 나는 잘못된 길을 걷고 있었구나."

회한은 오르고 올라 살존의 숨통을 틀어막는다.

"하지만."

순간, 회한이 잘게 부서져 나갔다.

"이 모두가 끝이라 생각지는 마라."

살존은 다시 고요한 눈동자로 돌아갔다. 시린 빛을 뿌리는 달빛을 닮은 눈빛이다.

"야별성은 그저 겉으로만 보이는 껍질에 불과할 뿐. 그 속에 담긴 알맹이는 무신련에 비하면 아주 작고 보잘것없을지언정 아주 단단하다."

"야별성의 모태가 되는 조직, 말이오?"

"그렇다."

살존은 고개를 끄덕였다.

"야별성을 이루는 일곱 개의 별, 성라칠문은 모두 찌꺼기에 불과하다. 구천마종은 남은 일문(一門)이 남긴 잔재를 먹고 태어난 자들이었고, 소뇌음사는 한때 일문의 터전에서 자라난 잡초이며, 해남검문은 한때 붕괴된 일문의 후예들이 도망쳐 조직한 곳이다. 흑시총도 마찬가지. 본인은 알지 모르겠지만, 역시나 일문의 잔가지에 불과하다."

듣는 내내 무성은 속으로 적잖게 놀랐다.

구천마종, 소뇌음사, 해남검문, 만야월, 흑시총.

비록 이곳에서 처참한 몰락을 겪고 말았지만, 실상 그들 각 조직이 지닌 전력은 쌍존맹에 버금간다고 해도 과언이 아니다.

그런 곳들이 단 한 곳에서 파생된 잔가지들이었다고?

"아느냐? 만야월, 귀곡산장, 벽력보는 사실 모두 가신에 불과하다."

"……!"

"껍질이 깨졌으니 이제 안에 든 것들이 나올 차례지. 하지만 부화가 채 이뤄지기도 전에 이 꼴이 되고 말았으니. 어찌 될지는 저 하늘만이 알겠지."

"……그런 걸 내게 말해 주는 이유가 뭐요?"

모르고 넘어갔더라면 이제 야별성이 거의 해체되었을 것이라 여겼으리라.

해남검문은 해남도로 돌아갈 것이고, 흑시총은 갈 길을 잃고 방황할 것이며, 벽력보는 무신련의 추적 끝에 궤멸될 것이다.

"글쎄. 이 몸을 한낱 곁가지 신세로 만들어 버린, 도구로만 여겼던 자들에 대한 화풀이랄까? 그래. 그 정도로 해 두지. 주인을 무는 개 정도로."

고고하기로 유명한 살존이 스스로를 개로 비하하다니.

"어찌 되었건 간에 축하한다. 지난 수십 년 동안 무신련도 해내지 못한 일을 그대가 해냈다. 스스로 대단하다 여겨도 좋다."

스르릉!

살존은 천천히 협봉검을 빼 들었다.

"하지만 아직 너무 좋아하기엔 이를 것이다."

무성도 천천히 영검을 뽑았다.

'흡!'

살짝 얼굴 표정이 일그러진다.

오늘 하루 종일 너무 많은 공력을 남발했다. 단전과 기맥이 너무 너덜너덜해져 있었다.

그 순간,

우우──웅!

마령주가 길게 몸을 틀었다. 엄청난 양의 마기가 봇물처럼 터져 나왔다. 인간의 범주를 넘어선 존재가 남긴 흔적이라더니 몸이 날아갈 것 같았다.

여기에 맞춰 금구환도 지지 않고 신기를 뿌렸다. 여태 무성에게 허락했던 것보다 배는 많은 양이다.

상반된 속성처럼 보이는 신기와 마기는 충돌을 하면서도 용케 한데 뒤엉켜 기맥을 누빈다.

몸의 피로가 달아난다. 영통안이 다시 뜨인다.

더불어 이상 현상이 진행되었다.

화아아아!

발치에서 잔잔하게 그려지던 파문이 이내 형상을 띄고 아지랑이가 되어 피어오른다.

왼쪽에서는 칠흑의 마기가,

우측에서는 우윳빛의 신기가 올라왔다.

다른 색을 자랑하는 기운은 서로 뒤엉키기도 하고 물리기도 하면서 무성을 칭칭 감았다.

마치 검고 흰 날개를 단 것 같은 신비로운 자태다.

신마기(神魔氣)!

훗날, 무성이 붕익신마기(鵬翼神魔氣)라 이름 붙인 혼명의 새로운 형태가 탄생하는 순간이었다.

'빠르게 끝낸다.'

뱅그르르!

네 자루의 이기어검이 그를 따라 맴돌기 시작했다.

살존이 차갑게 웃었다.

"이 몸은 다른 놈들과 다르게 쉽지 않을 터이니."

팟! 파밧!

두 사람은 서로 먼저랄 것 없이 몸을 날렸다.

쐐애애애애—액!

협봉검이 달빛을 사방에다 뿌린다. 검기가 휘감기며 아름다운 빛무리를 하늘에다 장식했다.

"그러니 가려 보자. 나와 너, 어느 누구의 도효가 더 위대한지를!"

도효는 빠르다. 그리고 은밀하다.

언제나 조용히 다가와 빠르게 목표를 친다.

그것을 눈치챘을 때는 이미 모든 것이 끝나고 난 후이기 때문에 어느 누구도 범접하지 못한다.

그렇기에 도효는 무적(無敵)이다. 무쌍(無雙)이다.

적수를 용납하지 않는다. 양립을 허락지 않는다.

그래서 도효를 익히는 것은 너무나 어렵고 지난하다.

대대로 만야월 내에서도 이 도효를 익힌 자는 아주 극소수에 불과했다. 어떨 때는 한 대(代)에 아무도 존재하지 않아서 문제가 된 적도 있었다.

구결을 너무 극소수에게만 전한 것이 아니냐고?

절대 그렇지 않다.

만야월 소속의 살수라면, 갓 입문한 어린아이일지라도 반드시 외우는 것이 도효다.

그런데도 익히지 못한다.

알고도 배우지 못하는 무공.

그렇기에 완벽하고, 또한, 불완전하다.

그런데 이런 모순의 극치에 달하는 무공을 익힌 자가 당대에 두 명이나 존재한다.

그것도 극성을 넘어 십이성에 달한다.

살존과 무성.

바로 이 둘이다.

그런데 서로 다른 경지를 개척했기 때문일까?

살존과 무성은 서로 다른 특징을 자랑했다.

쉬시시시식!

달빛을 머금은 검기가 사방팔방 뿌려지며 날아든다. 마치 초승달이 수십 개로 잘게 쪼개져 지상에 내려앉듯이 빛을 머금은 유성우가 떨어졌다.

월하천칭이다.

살존의 신청유공과 월광유망이 한데 더해진 절기.

살존은 유성우 속에 녹아 있었다.

이 빛의 파도 속에 너를 가둬 놓고서 잡아먹겠다고 말하는 것처럼.

저 머나먼 북해 지방에서나 볼 수 있다는 붉고 푸르고 보랏빛으로 반짝이는 극광(極光: 오로라)이 이러하지 않을까.

이처럼 살존의 도효는 아름답다.

아름다운 극광의 물결에 도취되는 순간, 정신과 영혼마저 빼앗기고 만다.

반면에 무성은 조금 다르다.

퍼퍼퍼—펑!

하늘을 질주하는 네 자루의 이기어검이 잘게 부서진다. 수백 수천 개로 나눠진 검편이 강대한 폭발력을 안고서 소낙비처럼 우두두 쏟아진다.

거기서 불어닥치는 후폭풍과 칼바람은 모든 것을 짓밟고 찢어버린다.

이처럼 무성의 도효는 날카롭다.

언제나 이빨을 잔뜩 드러낸다.

오로지 적을 물어뜯어 버리겠다는 일념 하나로!

월하천청과 파산검휘가 충돌한다. 비단을 넓게 펼친 것처럼 아름답게 하늘을 수놓던 극광에 아주 작은 구멍이 무수히 많이 뚫렸다.

그때마다 크고 작은 폭발이 뒤를 이었다.

쿠르릉, 쿠르릉, 마치 용이 승천하기 위해 용틀임을 하는 것처럼 굉음이 잇달았다.

사람들의 이목이 모두 그곳으로 집중되었다.

초군, 만야월, 남은 마인들, 토벌군, 무인. 그 어느 누구를 막론하고 멍하니 하늘에 정신을 빼앗겼다. 그들의 눈에는 싸움이, 그냥 싸움이 아닌 천신(天神)들 간의 몸부림으로 비쳐졌다.

"허어! 이제는 우리가 따라잡을 수도 없겠구만."

"그만큼 시대가 변했다는 뜻이겠지."

석대룡이 허탈하게 중얼거린다. 고황이 동감이라는 듯이 고개를 끄덕였다.

조철산이 두 사람의 어깨를 짚었다.

"그래도 다들 똑똑히 지켜봐 두게나. 우리들의 시대가 저물고 있다는 뜻이니. 드디어 저 아이의 손에 새로운 시대가 열리려는 것이야."

그 말이 끝나기 무섭게,

쿠쿠쿠쿠 쿠!

이전과 비교도 할 수 없는 연쇄 폭발이 일었다.

거기서 일어난 강풍이 파문을 그리며 극광을 모두 지워 버린다. 얼마나 거세던지 아직 닿지도 못한 검편들까지 모두 잘게 부서졌다. 진눈깨비보다도 아주 작은 조각들이 눈송이처럼 떨어졌다.

타닥! 탁!

그 아래로 사라졌던 무성과 살존이 내려앉았다.

살존은 무천전 용마루 위. 무성은 지상. 원래 그들이 있었던 바로 그 장소였다.

두 사람은 방금 전까지 화려한 싸움을 벌이던 이들이 맞나 싶을 정도로 멀쩡했다. 그저 입고 있는 옷에 자그마한 생채기가 난 것이 고작이었다.

무성이 물었다.

"어땠습니까?"

살존이 무덤덤한 말투로 답했다.

"재미있었다."

"도효는 맥이 끊어지지 않을 것입니다."

"그건…… 고마운 소리로군."

울컥!

살존의 입가를 따라 핏물이 흘러내렸다. 짙은 선혈이었다.

그리고 그 말을 끝으로 그의 육신은 힘을 잃고 쓰러졌다. 용마루에서 지붕으로 데구루루 구르다가 땅으로 추락했다.

검존에 이은 살존까지.

시대를 상징하던 절대자의 죽음이다.

무성은 갖가지 감정이 담긴 눈빛으로 살존의 초라한 시신을 보다가 이내 몸을 돌렸다.

와아아아아!

한 박자 늦게 엄청난 함성이 초왕부를 가득 메웠다.

*   *   *

추포된 죄인의 숫자는 물경 육백여 명.

초왕과 관련되어 있거나 끈이 닿아 있는 이들 중에서도 추리고 추렸는데도 그만큼 많은 수를 자랑했다. 그들은 전부 포승줄에 묶인 채로 황도로 향하는 관도에 몸을 실었다.

기군은 그들 주변을 에워싸며 행여 있을지 모를 주변으로부터의 간섭과 개입을 미연에 차단했다.

오로지 죄인들과 면회가 가능한 자는 딱 한 명이었다.

"오셨어요?"

"기다리고 있었습니다."

쇠창살로 만든 이동식 감옥.

주변에는 세 사람이 지키고 있었다. 이들 덕분에 별도로 관군도 지키지 않았다. 감옥에 있는 죄인을 추포한 일등 공신이 이들인 덕분이었다.

홍가연과 이학산은 반갑게 무성을 맞았다.

무성은 포권으로 화답했다.

유일하게 마구유만은 영 못마땅하다는 눈치로 손으로 감옥을 툭 하고 쳤다.

"안 돼?"

"안 돼."

"아, 좀! 제발!"

"이번 일에 관련된 주요 죄인이야."

"제기랄!"

마구유는 인상을 일그러뜨렸다.

"이럴 줄 알았으면 그때 모른 척 확 목을 쳐 버렸어야 했는데!"

이번 일로 마구유는 모든 것을 잃었다. 사문은 물론, 휘하의 혈랑단도 모조리 전멸했다. 당연히 이런 함정을 판 상대에 대한 분노가 클 수밖에 없었다.

하지만 주호는 죽었다.

유일하게 이자가 살아 있긴 한데, 무성이 자꾸만 단호하게 고개를 젓는다. 그것이 답답했다.

"대신에 이번 일로 모든 죄가 사라졌잖아?"

"니미럴! 내가 언제부터 관의 눈치를 봤다고?"

"그래도 양민과 마적의 차이는 크지. 이참에 본가로 들어와. 원하는 지원은 다 들어주지."

"제길!"

마구유는 발치에 구르던 애꿎은 돌멩이만 걷어차고는 씩씩대며 자리를 떴다.

무성은 쓰게 웃으며 마구유의 뒷모습을 바라보다 이내 감옥에 가까이 다가갔다.

안에는 한 중년인이 가부좌를 틀며 앉아 있었다.

무성은 그것을 보면서 얼핏 옛일을 떠올렸다.

누이의 죽음과 함께 들어가야만 했던 곳.

하지만 그때의 자신은 지금 이곳에서 상대를 내려다보고, 그때 자신을 도구로 이용하고자 하던 자는 반대로 감옥에 갇혀 죽음을 기다린다.

"이로써 야별성은 무너졌소."

"……."

죄인, 유덕문은 슬쩍 무성을 보다가 다시 고개를 돌리더니 아무런 답도 하지 않았다.

세상을 오시하던 야욕에 찬 두 눈은 빛을 잃어 흐리멍덩하고, 천하를 담으려던 큼지막한 손은 이제 피투성이가 되었다. 짙은 이목구비는 땟국물이 흐르고, 훤칠하던 인상에는 수심이 깊게 차올랐다.

"이미 무신련의 협조로 지난 세월 동안 야별성에 대해 조사한 모든 정보가 동창으로 넘어갔고, 본가와 기왕부가 금의위를 도와 뒤를 추적하고 있소. 야별성의 이름으로 이 땅 위에 서 있을 수는 없을 게요."

"……."

여전히 대답은 없다.

하지만 미간 사이로 살짝 골이 팼다. 눈썹이 파르르 떨리고 있었다.

"다음에 뵙겠소."

무성은 고개를 숙이고 몸을 돌렸다.

그렇게 몇 걸음을 옮겼을까.

"크르륵!"

"왜, 왜 이러는 거지?"

"혈붕! 혈붕!"

무성은 다급한 외침에 급히 감옥으로 돌아왔다.

유덕문의 얼굴이 새파랗게 질린 채 피를 흘리고 쓰러져 있었다. 이학산이 재빨리 감옥 문을 열고 응급 처치를 하려 했지만, 유덕문은 꿈쩍도 않았다.

자결이다.

모든 것을 잃고 비참한 신세로 전락하느니 죽음을 택한 모양이었다.

귀곡자의 죽음이라.

묵자의 후예로서 여러 가지 생각이 들 수밖에 없다.

무성은 씁쓸한 얼굴로 그의 최후를 지켜봐야 했다.

밖으로 나오자 주설현이 기다리고 있었다.

"죄인 유덕문이 자결했다는 말을 들었어요."

"예. 검시관의 말로는 어금니에 독약을 숨겨 둔 것 같다고 하더군요."

"그런 일을 대비한다고 했는데…… 역시나 독한 자들이로 군요."

주설현은 독기에 찬 말투로 중얼거리다, 뒤늦게 무성의 시선을 깨닫고 계면쩍은 웃음을 흘렸다.

그러다 그녀는 말 안장 위로 훌쩍 올랐다.

"이번 공, 모두 귀병가주 덕분이에요. 아바마마를 대신해 인사드리겠습니다. 정말 감사드려요."

소림사에서부터 쭉 이어져 온 인연이다.

무성을 바라보는 주설현의 눈빛은 따스했다.

무성은 그 속에 담긴 감정을 잘 안다.

남소유가 자신을 바라볼 때의 눈빛과 너무나 똑같다.

"전하께 안부 전해 주십시오. 이쪽의 일이 모두 마무리되는 대로 바로 찾아뵙겠노라고. 그리고 대업을 축하드린다는 말씀도 함께요."

"태자 책봉식 때 같이 계시면 더 기뻐하실 것을."

이번 공을 기회로 기왕을 지지하는 파벌은 드디어 한 목소리를 낼 수 있었다. 초왕과 유덕문 일파가 일소된 덕분에 여론도 기왕 쪽으로 가닥을 잡았다.

현 황제는 벌써 환후를 겪은 지 십 년이 넘어간다.

당연히 차기 황위를 빨리 결정해야 하는 상황에서 이제 기왕이 그 자리에 오르는 것은 절대 거스를 수가 없는 대세가 되었다.

듣자 하니 기왕도 왕지로 돌아오지 않고 계속 황도에 남아 여론 몰이를 한다고 한다.

책봉식도 얼마 남지 않았으리라.

"되도록 그 전에는 찾아뵙겠습니다."

"농담이에요. 바깥일을 하시는 분이 일을 너무 성급히 하느라 일을 망쳐서는 아니 되지요. 그래서는 큰일을 보실 수가 없을 테니까요."

주설현은 은근슬쩍 부마도위에 관련된 이야기를 흘렸으

나, 무성은 가만히 웃으며 포권을 취했다.

"하면 다음에 뵐 때까지 무사히 건강하시기를."

"예. 가주도요."

주설현이 수하들에게 외쳤다.

"자, 가자!"

기군은 나타났을 때처럼 빠르게 사라졌다.

토벌군에 합류했던 오, 하, 월군도 최소한의 병력만을 주둔시키고 퇴각을 시작했다. 제대로 된 전쟁이 아닌 터라 확보한 병참이 그리 많지 않아 서둘러야 했다. 하지만 이렇게 한발을 걸친 것만으로도 그들에게는 상당한 이권이 떨어질 터였다.

그다음에는 무인들이 하나둘씩 떠났다.

태극문, 천라문, 신검보에서는 수장들이 직접 찾아와 무성에게 몇 번이고 감사의 인사를 올렸다.

그들은 이번 일로 목숨을 구제하고 자칫 야별성의 꼭두각시로 전락할 뻔했던 위험천만한 상황을 모면했을 뿐만 아니라, 극악무도한 초왕의 역모를 파헤친 공신의 자격까지 얻게 되었다.

주설현이 추후에 조정에서 따로 그들 문파에게 공에 상응하는 관직과 상금, 그리고 토지를 하사할 것이라 공언을 했으니 기쁠 수밖에 없었다.

그 정도라면 초왕부에서 잃은 전력을 메울 뿐만 아니라, 지역을 넘어 성(省)의 패권까지 노릴 수 있는 기회를 마련한 셈이었다.

덕분에 그들은 연대를 맹세하면서 귀병가로의 신속(臣屬)을 청했다.

이에 무성은 소스라치게 놀랐다.

신속이라니.

스스로 머리를 굽히고 가신이 되겠다, 원한다면 지금의 패권을 놓고 지부가 되겠다는 의미가 아닌가.

과거 무신련이 강북을 제패하면서 각 지역에 산재한 수백 개에 달하는 문파들을 복속시킨 전례가 있긴 했다. 각 문파의 주권을 인정하되, 그만큼 무신련의 패권을 만천하에 자랑하겠다는 의미였다.

이를테면 황제국과 주변 번국의 개념이었다.

그런데 이들은 무신련 때와는 조금 다르게 스스로 자청해서 귀병가를 떠받들겠다고 나섰다.

무성으로서는 전혀 예상치도 못한 주문이었다.

하지만 이것은 어찌 보면 당연한 일이었다.

기왕의 황위 등극이 거의 기정사실화된 가운데, 그를 등에 업은 귀병가가 앞으로 날개를 달고 하늘 위로 날아오를 것은 분명한 일.

더군다나 무신련의 차기 주인으로 거론되는 문인산과의 친분도 확인되었다. 아니, 강북을 대표하는 고수들인 홍운재 장로들이 무성을 지지하고 있었다.

어디 그뿐이랴.

그들 모두가 보았던 살존과의 대결은 두고두고 화자를 되고도 남을 정도였다.

고금을 통틀어 그 나이에 그만한 경지에 이른 자가 몇이나 되었던가. 하물며 그를 지지하는 이들이 이렇게나 많은 경우임에야.

차후의 시대는 귀병가의 시대다!

강자제일존(强者第一尊)이 통용되는 강호라면, 무신 백율에 이어 이제는 무성의 시대가 올 터였다.

그렇다면 신흥 세력의 대표적인 주자로 손꼽히는 그들로서는 이미 틀이 만들어진 무신련보다야 귀병가와 뜻을 함께하는 게 훨씬 이로웠다.

당연히 무성은 이를 거절하려 했다.

그의 꿈이 독패라고는 하나, 일방적인 지배는 그에게 맞지 않았다.

하지만 간독이 먼저 눈치를 채고 앞으로 나서면서 거절은 일단락되고 말았다. 가내의 일은 모두 간독의 소관인 덕분인지 무성이 개입할 여지가 없었다.

그 뒤를 이어 중소 문파와 낭인들도 따랐다.

중소 문파들 역시 신속을 청하고, 낭인들은 가입을 요했다.

결국 눈 깜짝할 새에 귀병가는 몇 배의 규모로 불어나고 말았다.

간독은 내내 할 일이 많아졌다고 투덜거렸지만, 내내 입꼬리가 귓가에 걸려 있었다.

그렇게 한참 동안의 회담 끝에 무인들도 길을 떠났다.

무당과 화산은 이들보다 하루 늦게 떠났다.

워낙에 다친 이들이 많은데다가, 죽은 이들의 천도제를 지내 준 덕분이었다.

"우리들의 이야기는…… 다음에 마저 합세."

백산 진인은 다른 어느 때보다 피곤한 기색이 역력했다. 이번 싸움에서 무당의 피해가 가장 컸다. 특히 대제자인 송학을 잃은 상심이 막심한 듯했다.

무성 역시 고개를 끄덕였다.

비록 이번 일로 마음속의 앙금을 일부 털었다고는 하나, 여전히 그들 사이에 존재하는 은원은 완전히 지운 것이 아니었다.

무당이 떠난 후에는 화산이 찾아왔다.

"하여간 꽉 막힌 말코들 같으니라고. 꼭 옛날 일을 갖고 저렇게 투덜거려야 쓰겠나?"

청운 도장은 무당파를 보면서 툴툴 대면서도 안쓰러운 기색을 던졌다. 이미 화산과 무당 사이에 있었던 갈등의 골은 이번 일로 말끔히 해소된 상태였다.

"그러니 자네가 이해하게. 아픈 사람들 아닌가?"

"잘 알고 있습니다."

"그래 준다면 우리야 고맙고. 허허허허!"

죽음의 위기를 몇 차례 극복한 후에 가장 많이 변한 이를 꼽으라면 청운 도장을 말할 수 있으리라.

오만한 성정은 사라지고 시원한 눈빛만 남았다.

어딘가 개운해 보이기까지 했다.

"정주와 화산까지는 그리 멀지 않지. 나중에 기회가 되거든 한번 찾아오게. 본파의 매실주가 얼마나 맛있는지 가르쳐 주지."

"감사합니다."

"하하하! 그럼 다음에 봄세."

그렇게 모든 이들을 일별하고, 무성은 간독과 문인산 등이 있는 곳으로 돌아왔다.

문인산이 웃으며 그를 맞았다.

"그럼 가 볼까?"

"예."

홍염기군과 백호기군이 길을 열고 그 뒤를 귀병가에 갓 소속된 낭인들이 따랐다.

　그렇게 초왕부에서의 일이 모두 끝났다.

第八章

새로운 시대

푸드득!

하늘 위로 매가 한 마리 날아오른다.

그 아래로 두 노소가 앉아 있었다.

기다란 창. '마'란 문구가 각인된 귀걸이. 위험한 분위기를 풍기는 노인, 창마는 매가 남기고 간 전서를 보다가 이내 눈을 질끈 감았다.

"문곡이…… 자결을 했다는구나."

"아아!"

젊은 여인, 금태연은 손으로 입을 가렸다.

세상을 오시하고 미래를 꿰뚫어 보는 혜안을 지녔던 사부님이 돌아가셨다고?

하지만 창마의 참담한 소식은 끝나지 않고 이어졌다.

"마찬가지로 탐랑, 거문, 녹존의 별이 떨어지고, 염정과 파군만이 살아남았지만 그들의 생사와 거취도 확인할 수가 없다고 한다. 예상키로는 염정은 지시를 어기고 이탈, 파군은 무언가에 쫓겨 어디론가 사라졌다는구나."

금태연은 세상이 빙글빙글 도는 것 같았다.

이번 일은 야별성에 있어 아주 중요한 전환점이 될 예정이었다.

음지에서 양지로 처음으로 나온다.

무신련과 대대적인 전쟁을 치를 계획이었건만……

"무신련에서는 십대 기군을 움직여 파악된 성라칠문의 근거지로 진격을 시작했고, 거기다 황실에서는 이번 일과 관련된 새외를 응징하기 위해 대규모 거병을 일으킬 예정이라고 한다. 이참에 야별성과 관련된 모든 것들을 뿌리 뽑을 예정인 모양이구나."

창마는 조용히 종이를 구겼다.

"이제 남은 곳이라고는 나와 파군밖엔 없다."

창마가 이끄는 벽력보와 흉망의 흑시총.

"하지만 파군은 말을 듣질 않지요."

"그렇지."

참담한 현실 앞에 금태연의 눈가를 타고 눈물이 흘러내렸다.

아아, 정녕 내가 사랑했던 이들은 모두 떠나는가.

한때는 사부님을 많이 원망하기도 했다. 야망을 이유로 사랑하는 이와 강제로 떼어 놓고서 도구로만 이용하는 그가 죽일 만큼 미웠다.

하지만 반대로 그만큼 사부님을 많이 존경했다.

별다른 말은 하지 않아도 무뚝뚝한 눈빛 너머에 있는 따스함을 알고, 쌀쌀맞은 말투 너머에 있는 미안한 감정을 느꼈다.

하지만 이제 사부님은 뵐 수 없다.

"이제부터는 네가 문곡이다."

창마는 금태연을 보며 똑똑히 말했다.

"아직 끝났다 여기지 마라. 어차피 다른 자들이야 한낱 방계에 불과했던 바. 끝에 가서도 그분을 모실 사람은 어차피 우리였다. 오른팔인 내가 있고, 새로이 왼팔이 된 네가 있다. 그리고 이 나도 승부를 장담하기 어려운 파군이 있지 않으냐? 그것으로도 충분하다. 새로 시작하기엔."

"예."

금태연은 이내 안색을 되찾으며 고개를 끄덕였다.

두 눈에는 굳건한 결의로 반짝였다.

창마는 흐뭇한 얼굴로 그녀의 어깨를 두들겼다.

"무엇보다 끝을 보기 전까지는 아직 끝나지 않지 않았더냐? 문곡이 문곡의 일을 했듯이 우리는 우리가 할 일을 마저 이으면 되는 것이다."

창마는 그렇게 말하며 옆으로 고개를 비스듬히 돌렸다.

그곳엔 큰 거구를 자랑하는 사내가 앉아 있었다.

"그렇지 않은가?"

"당연한 말. 아직 본인이 여의주를 물지 않았거늘, 무엇이 그리도 슬픈가?"

껄끄럽기 그지없는 말을 내뱉는 이.

바로 패도천룡 영호휘였다.

*　　　*　　　*

일행은 관도가 아닌 동정호로 이동했다.

깜깜한 밤.

무성은 잠 못 드는 밤에 밖으로 나와 갑판에 서서 가만히 물결을 구경했다.

파아아!

몇 번이고 본 물결이지만 가슴속에는 수많은 파문을 그린다.

'누나, 나 참 먼 길을 달려왔지?'

무성은 이 자리에 없는 누군가를 그렸다.

물론 대답은 들리지 않았다.

'나, 소원을 조금이나마 이룬 걸까?'

영웅이 되겠다던 약속.

그것이 이뤄진 건지는 모르겠다.

다만, 한 가지만은 확실히 말할 수 있다.

조금이나마 가까워졌다고.

자신을 보며 감사해하던 이들의 눈길이 아직도 잊히지 않는다.

"무엇을 그리도 보시는가?"

무성은 등 뒤에서 울리는 목소리에 무성은 천천히 고개를 들었다.

휘리릭!

바람에 나부끼는 소리와 함께 자그마한 체구의 노인이 바람을 타고 가만히 선상 위에 올랐다.

다른 사람들이 보았다면 신선이 나타났다면서 놀랐으리라.

무성은 그에게 포권을 취하며 예를 갖췄다.

"말학 후배, 진무성이 구양자 어르신을 뵙습니다."

"허허허허! 말학 후배라니. 자네가 말학이라면 나는 어찌 되겠는가?"

구양자는 너털웃음을 터뜨렸다.

무당, 화산과 함께 초왕부로 왔던 그는 내내 모습을 비추지 않더니 이제야 나타났다.

충분히 달아났다고 의심을 할 수 있는 상황임에도 백산진인과 청운 도장은 고개를 절레절레 흔들면서도 '원래 우리들의 잣대로 판단할 수 있는 분이 아니었으니. 아마 어딘가에서 초왕의 야욕을 꺾고 계시지 않았을까?' 하며 절대적인 신뢰를 보냈다.

그것은 사실이었다.

구양자는 자취를 감추기 직전에 무성에게 한마디 전갈을 남기고 사라졌으니.

"나는 귀신을 쫓을 테니, 그대는 환란을 막아라."

주호를 한참 상대하고 있을 동안에 받은 전음이라 깜짝 놀랐지만, 곧 그가 한 팔 도와준다는 것을 알고 반격을 개시할 수 있었다.

만약 구양자가 흑시총을 막아 주지 않았더라면, 초왕부에서의 일이 어떻게 끝났을지는 아무도 몰랐다.

"가셨던 길은 잘 풀리셨는지요?"

구양자는 쓰게 웃으며 고개를 절레절레 흔들었다.

"귀신을 성불시켜 보고자 저 먼 북해까지 쫓아갔으나 실패했다네. 이 늙은 몸으로 추운 겨울바람을 맞으려니 영 힘들더구만. 허허허!"

그 며칠 사이에 대륙의 끝인 북해까지 갔다?

절대 믿기지 않을 일이지만, 무성은 믿었다.

구양자는 상식이 통하지 않는 상대였다. 무신 백율과 마찬가지로.

실제로 초왕부에서도 무성을 정확히 꿰뚫어 보지 않았던가.

'이런 사람이 여태 알려지지 않았다는 것은…… 그만큼 구대문파의 저력과 깊이를 말해 주는 대목이야.'

실제로 구양자가 상대했던 흥망과 흑시총은 무성이 직접 겪어보지는 않았지만, 얼추 그 자리에 있었던 여러 조직들 중에서 가장 까다롭고 해괴한 자들이었다는 것만은 짐작할 수 있었다.

아직 야별성의 머리가 드러나지 않은 이상, 그들도 언젠가는 다시 이 땅에 나타날 터였다.

"하여간 수고 많았네. 자칫 큰 혈란이 불어닥칠 뻔한 것을 자네가 막았음이야."

"아닙니다. 모두의 도움이 있었기에 가능했지요."

"겸손하기까지 하군."

피식 웃더니 이내 진지한 어투로 말을 잇는다.

"자네도 보았을지 모르지만 아직도 하늘에 흐르는 천기가 불안정하다네. 아니, 도리어 평소보다 더 거칠게 요동치고 있어. 얼마 가지 않아 더 큰 환란이 닥칠 터. 그것은 비단 강호뿐만 아니라 천하를 뒤흔들 것이니…… 부디 그대가 그것을 막아 주게."

"제게는 과분한……."

"됐네. 거기까지 듣지."

구양자는 무성의 말을 탁 자르며 빙그레 웃었다.

이미 육신통을 통달한 그다. 무성이 말하고자 하는 바는 육성으로 꺼내기도 전에 알고 있었다.

"하여간 뒷일을 부탁하네."

구양자는 다시 길을 떠나려는 것인지 난간에 가볍게 올라섰다.

"어디로 가시렵니까?"

"글쎄. 귀신이 잔뜩 이골이 나 다시 세상으로 나올 것은 자명한 일이니 녀석이 수를 쓰기 전에 다시 한 번 그리로 가 봐야겠지. 이런, 손님이 오시는군. 하면 난 이만 가 보겠네."

구양자는 처음 나타났을 때처럼 신비로운 자태 그대로 허공으로 높이 사라졌다. 때마침 하늘 위로 학 세 마리가 지나가고 있었다. 어쩌면 정말로 선학(仙鶴)을 타고 천 리를 난다는 신선인지도 모르는 일이었다.

곧 구양자의 말대로 선상 위로 한 사내가 올라왔다. 간독이었다.

"뭘 그리 하늘을 쳐다봐? 뭐 볼 거라도 있나?"

간독은 무성을 따라 어둠이 깔린 밤하늘을 유심히 쳐다봤지만 이미 선학은 사라지고 난 후였다.

"아니. 없어. 그런데 안 자고 왜 올라왔어?"

이내 간독의 얼굴에 짜증이 찼다.

무성은 무언가 일이 생겼음을 깨달았다.

"왜 그래?"

"방금 전에 문 공자 앞으로 급전이 날아왔다. 촉하에서……! 아니, 말을 하는 것보단 직접 보는 게 좋겠지."

무성은 간독이 내민 서찰을 받았다.

그러다 내용을 읽고 눈이 커지고 말았다.

이제는 서서히 잊혀졌던 이름이 망막에 박혔다.

　　만독부, 멸(滅). 독존, 사(死).
　　영호휘, 임무 완(完).

문인산처럼 영호휘도 무신이 내린 숙제를 완수했다.

만야월이 지워지고 살존이 죽은 것처럼 저쪽에서도 만독부와 독존이 죽었다.

한 시대를 구가하던 삼존이 모두 죽은 것이다.

또한, 이 사실은 다른 한 가지를 의미하기도 했으니.

무성은 마지막 문구를 몇 번이고 곱씹었다.

　　무신련, 전국일통(全局一統)

　　　　　　*　　　　*　　　　*

전국일통!

그 단어를 본 순간, 무성은 흥분이나 고취보다는 가슴 한 편이 싸늘해지는 것을 느꼈다.

이 얼마나 오만한 외침인가?

하지만 무신련은 충분히 그런 말을 할 자격이 있었다.

강남에서는 쌍존맹이 사라졌다. 음지에서는 만야월이 지워졌다. 새외에서는 야별성이 무너졌다. 구대문파는 기회만 엿볼 뿐 아직 기지개를 켜지 않았다.

물론 아직 곳곳에 쌍존맹의 잔존 세력들이 남아 있고, 무신련의 지배를 거부하는 문파가 있으며, 야별성이 모두 일소된 것은 아니다.

그러나 그들이 역사의 뒤안길로 사라지는 것은 결코 무리가 아닐 터.

구주팔황을 막론하고 무신련만이 이 강호에 홀로 존재하는 것이다.

독패!

홍운재가 그토록 바랐던 세상이다.

무신련이라는 거대한 우산 아래에서 차별과 아집이 없는 세상을 일굴 것이라던 홍운재의 외침은 아직도 잊히지 않는다. 실제로도 가능할 것이다.

하지만.

'왜 이리 거북하지?'

무성은 묵직한 무언가로 꾹 누르는 것처럼 가슴 한편이 답답했다.

오늘날의 시대는 무신련의 것이다.

하지만 새로운 시대의 개막은 또 다른 피를 부르지 않던가.

더군다나 여전히 깊디깊은 갈등의 골은 남아 있다.

문인산과 영호휘.

'두 제자는 무신이 내린 숙제를 모두 성공했어. 강호 일통의 일등 공신인 셈이지. 당연히 후계 자리를 두고 분란이 일어날 수밖에 없어.'

물론 문인산은 별반 야심이 없다.

하지만 본인의 의사와 다르게 시대가 그것을 바라지 않는다.

이미 무신 백율은 문인산을 권력의 구렁텅이 한가운데로 밀어 넣었다. 만야월 퇴치를 실패했으면 모르되, 성공한 이상 그는 절대 물러설 수 없다.

특히나 대공자라는 직분은, 거의 만능에 가깝다.

영호휘는 당연히 두 말할 나위가 없다.

그는 권력의 화신이며 탐욕에 찬 짐승이니.

문인산이 원하지 않더라도 영호휘는 결국 싸움을 걸어올 것이다.

그리고 무신 백율의 성정이라면,

'부추기겠지.'

완벽한 후계자를 구하기 위해서.

무엇보다 갈등의 불씨는 거기서 그치지 않는다.

후계위가 끝나고 나면 더 큰 벽이 나타난다.

무신련에 가장 가까우면서도 먼 자.

'나.'

무성은 냉정하게 객관적으로 차기 무신련에 걸림돌이 될 자를 판단했다.

무신련이 승천해서 지상을 굽어다 보는 용이라면, 귀병가는 이제 막 성장을 끝내고 날갯짓을 시작하려는 붕이다.

하물며 그 붕이 용의 품으로 들어가기를 꺼려함에야.

무성은 무신련이 아닌 새로운 하늘을 열고 싶어 한다.

언젠가는 부딪칠 수밖에 없다…….

"간독."

"뭐? 뭐? 또 뭐 시키려고?"

무성의 진지한 말투에 간독은 인상을 일그러뜨렸다.

무성이 매번 이렇게 나설 때마다 곤욕을 치러야 했던 터라 간독은 학을 뗐다. 하지만 가주의 명령이니 또 안 들을 수가 없다.

"너 먼저 일행들을 끌고 귀병가로 가 있어."

"젠장! 역시 낙양으로 가려는 거냐?"

"어."

"미치겠구만. 어째 이제 좀 한시름 놓나 싶더니 또 사건이야, 사건."

간독은 단숨에 무성의 생각을 읽었다.

차후 있을 후계위 다툼에 개입하려는 것이다.

영호휘로 개편이 될 경우 갈등이 심화될 것은 자명한 일. 그것을 막아야만 했다.

"알았어. 그러니 너도 단단히 조심해. 남씨, 고 계집이 아직 밖으로 안 나왔을 때 후딱 해치우란 말이야. 또 징징거리면 나만 골치 아프니까."

"고마워."

"썩을! 이렇게 마소처럼 부리고 진짜 고맙긴 하냐?"

간독은 투덜거리면서도 피식 웃고 있었다.

*   *   *

하선(下船)하자마자, 귀병가는 먼저 볼일이 있다며 무신련 일행을 떠났다.

무성이 멀리까지 간독 등을 송별하고 돌아오자, 문인산이 묘한 표정을 지었다.

"자네는 안 가려고?"

"간만에 련주님의 얼굴은 뵙고 가야 할 것 같아서요."

무성의 너스레에 문인산은 말없이 웃었다.

마치 그의 생각을 다 짐작하고 있다는 듯이.

하지만 깊게 묻지는 않았다.

타인을 배려하는 따스한 성정. 그것이 바로 문인산이었으니. 그래서 무성도 그를 존경하고 따랐다.

문인산이 백호기군과 홍염기군을 보며 외쳤다.

"조금만 더 길을 서두르자!"

행렬이 다시 시작되었다.

　　　　　　*　　　*　　　*

　곳곳에서 함성이 울린다.

　낙양의 성문을 개선문 삼아 일련의 군세가 천천히 들어온다.

　좌우로 도열한 이들이 그들을 보며 환호했다.

　위풍당당한 군세 위로 나부끼는 깃발은 두 개였다.

　거룡, 영호.

　한 가지는 무신궁을 이루는 궁궐 중 하나, 거룡궁을 상징하는 것이었으며 다른 하나는 사대 가문 중 하나인 영호권가의 것이었다.

　이들이 의미하는 것은 딱 하나였으니.

　영호휘.

　그가 사천에서의 전쟁을 승리로 이끌고 문인산 일행보다 한 발 먼저 낙양에 도착했다.

　그들의 뒤로는 영호휘를 호종했던 황토기군과 자로기군이 묵묵히 따르고 있었다.

　다그닥. 다그닥.

　영호휘는 하나만 남은 팔로 말 고삐를 쥐며 묵묵히 앉아 있을 뿐. 입은 웃지 않고 눈도 잠잠했다.

"주군, 기쁘지 않으십니까?"

영호산이 조심스레 다가와 사촌 형의 안색을 살폈다.

영호휘는 언제나 전장에 나서고 승리해서 돌아올 때면 언제나 당당했다. 만인이 건네는 찬사를 당연하다는 듯이 받아들이고, 축복을 마음껏 만끽했다.

그런데 지금의 영호휘는 마치 감정을 제거한 인형처럼 아무렇지도 않아보인다.

"기쁘다."

"하면 어찌……."

"그저 계집처럼 하루가 다르게 변하는 저들의 삿된 마음이 짜증 날 뿐이지."

"……."

영호산은 말문이 턱 하고 막혔다.

"보아라. 저들 모두가 얼마 전까지만 해도 나를 향해 손가락질을 하던 자들이었다. 입에는 항상 욕설과 저주를 내뱉었지. 그 전에는 어땠지? 오로지 찬사와 아량을 떨기에 바빴다. 그런데 지금은 또 이 몸을 가리켜 영웅이라며 떠받들고 칭송한다."

영호휘의 입꼬리가 말려 올라간다.

"이토록 군중이란 우매하기 짝이 없다. 제깟 놈들이 짐승도 아닐 것인데 불과 몇 년 전의 일조차 제대로 기억하지 못한다. 아니, 기억하지 못하는 척하는 것일까? 그렇다면 이들을 두고 간사하다고 해야 할까? 산아, 너는 어찌 생각하느냐?"

"……모르겠습니다."

"모른다? 그래. 나도 모른다. 저들의 마음을. 저들의 더러운 머릿속을 도저히 읽을 수가 없구나. 구정물처럼 탁하고 더럽고 악취만 난다."

"……."

"키키키킥! 문제는 나 역시 저들과 다르지 않다는 점이다. 더럽고 추악하지."

"아닙니다! 주군께서는……!"

"아니다. 나 역시 저들과 다르지 않다."

영호휘는 단호하게 그의 말허리를 잘랐다.

"아비의 복수를 이유로 오랜 세월 가문에 충성을 바쳤던 가신들을 하루아침에 내쫓았다. 대신에 어디서 굴러먹은지도 알 수 없는 자들로 채워 농단을 일삼았지. 그것으로도 모자라, 정상에 오르고자 사형제들을 무찌르고자 했다."

계속 말이 이어진다.

"하늘 높은 줄 모르고 계속 오르고 오르다 한 번 삐끗했다. 미끄러졌지. 아니, 추락했다. 바닥을 모르고 수렁의 수렁에 빠지고 말았다. 그래도 이를 악물고 악착같이 버티며 올라왔지."

외팔처럼 하나 남은 애꾸눈이 요요히 빛난다.

"그리고 난 다시 위로 오르고자 한다."

애꾸눈이 슬쩍 뒤로 향한다.

영호산도 그 눈길을 따라 움직였다.

일행의 틈바구니에 섞여 따르는 자들 중 방갓을 깊게 눌러 써 정체를 짐작하기 힘든 자들이 보인다. 그 숫자는 모두세 명.

모두 어느 날 영호휘가 갑자기 데려온 자들이다.

새로운 천룡회의 일원이라며.

물론 영호산은 그들의 신분을 묻지 않았다.

단순히 위험한 냄새가 풍겨서가 아니다.

영호휘가 그렇게 결정을 내렸기 때문이다.

다른 이유는 필요 없었다.

"그러니 다시 물으마, 산아."

애꾸눈이 다시 영호산을 꿰뚫어 보았다.

"나는 더러우냐, 깨끗하냐?"

영호산은 길게 한숨을 내쉬었다.

"……더럽습니다."

"맞다. 더럽다. 너무 오랫동안 진흙탕을 구른 모양이다. 문제는 스스로가 상처를 얼마나 입었는지 자각조차 없다는 것이지. 그러니…… 이제는 하늘로 다시 올라 구름이 주는 비에 몸을 씻어도 되지 않겠느냐?"

"하십시오."

영호산은 힘을 주어 말했다.

"주군은 그럴 자격이 있습니다. 제가 그 여의주가 되어드리겠습니다."

순간, 영호산은 자신의 눈을 의심했다.

아주 잠깐이지만, 영호휘의 입꼬리가 살짝 올라갔다.

그것도 냉소가 아닌 미소다.

무성에게 당한 이후로 단 한 번도 감정을 드러낸 적이 없던 분이……!

"말이라도 고맙구나. 아니, 정말 그 말을 이뤄야겠다. 나에게는 더 이상 떨어질 곳도, 물러설 곳도 없으니."

어느새 행렬은 무신련의 정문에 도착해 있었다.

영호휘는 슬쩍 고개를 들었다.

정문에 한 노인이 마중 나와 있었다.

백염, 백발, 백미, 백포가 흩날리는 노인. 백율이다.

그를 가만히 보면서 작게 중얼거렸다.

"그렇지 않습니까, 사부님?"

닷새 후.

영호휘가 그랬던 것처럼 문인산도 똑같이 개선 의식을 치렀다.

이번에는 이전보다 훨씬 많은 이들이 나와 환호했다.

대중적으로 영호휘보다 문인산의 인기가 더 많은 데다가, 이들 행렬 사이로 여태 소문으로만 들리던 존재도 섞여 있었기 때문이었다.

그런데 그를 발견한 이들의 반응은 극과 극이었다.

"으으음, 저기에 있군."

"본련을 농락했다가 련주의 아량으로 겨우 목숨만 붙였던 자객 따위가 저기에 있다니…… 출세했군. 아니, 세상이 말세인 건가?"

탐탁지 않아 하는 시선과,

"그건 그때고. 그래도 대공자를 도와서 그 얄밉기 짝이 없는 만야월을 지우지 않았나? 게다가 꿍꿍이수작을 부리던 오랑캐 놈들도 같이 소탕했다면서? 아군이 되었다면 축복해 줘야지!"

"듣기로는 차기 황위에 가장 근접했다는 기왕을 등에 업고 있다던데. 좀 마음에 안 들긴 하지만 가깝게 지내서 나쁠 건 없지 않나? 초왕도 나가떨어진 마당에."

"저런 자가 대공자 곁에 있다면 천군만마지. 암, 그렇고 말고."

호의적인 빛을 띠는 시선, 두 가지였다.

무성은 이처럼 오늘날 무신련에 있어 애증이 교차하는, 모순이 극에 달하는 존재였다.

"어째 나보다 더 인기가 많군."

"별로 바라지는 않았는데 말입니다."

문인산이 가볍게 던진 농에 무성은 쓰게 웃어야 했다.

"그런데 골치 아픈 일은 따로 있구만그래."

무성은 문인산의 시선을 따라 고개를 돌리다가 잠시 멈칫거렸다.

행렬이 이어지는 길목 한복판에 일련의 무리가 떡 하니 길을 가로막고 있었다.

부리부리한 눈매를 자랑하는 중년인. 그리고 그 뒤로 오백 명에 달하는 무사들이 도열했다. 그들의 옷깃에는 하나같이 태극 문양이 박혀 있었다.

위불성과 중마위군이다.

잠시 행렬이 그 앞에 멈췄다.

잠시간의 대치.

중마위군은 절대 물러설 기미를 보이지 않았다. 백호기군과 홍염기군은 혹시 있을지 모를 사태에 대비해 잔뜩 긴장했다.

행렬을 관람하던 사람들도 처음으로 조용해졌다. 무성과

위불성 간의 은원을 모르는 이는 거의 없었다.

위불성은 입을 꾹 다문 채 무성을 노려보았다.

무성은 그 눈빛에서 서로 상반된 눈길을 읽었다.

분노와 고마움.

무성에 의해 위불성의 사문, 무당파는 횡액을 당했다. 하지만 반대로 이번에 많은 이들이 구명을 받았다.

과연 그는 어느 쪽을 택할 것인가?

문인산이 가만히 입을 열었다.

"길을 계속 막을 생각이시오?"

위불성은 무어라 말을 하려다 이내 꾹 다물더니 갑자기 한쪽 무릎으로 바닥을 찍었다. 뒤따라 중마위군 모두가 부복하며 고개를 숙였다.

처처척!

우렁차게 외친다.

"혈붕께 감사드리오."

긴장했던 백호기군과 홍염기군의 어깨에서 힘이 쭉 빠졌다. 문인산은 무성을 향해 가만히 미소를 지었다.

무성은 이곳까지 오면서 몇 번이고 갈등에 갈등을 반복했을 그의 마음을 조금이나마 이해할 수 있을 듯했다. 그래서 대답을 하려는데, 갑자기 위불성이 고개를 번쩍 들면서 말문을 틀어막았다.

"하지만 은(恩)은 은. 원(怨)은 원. 은은 언제고 갚을 것이나, 원 역시 언젠가는 반드시 되돌려 줄 것이외다."

무성은 고개를 끄덕였다.

이것이면 충분했다.

"당신들의 마음, 충분히 명심하겠소."

"돌아가자!"

위불성은 자리에서 일어나더니 다시 나타났을 때처럼 수하들을 대동한 채로 사라졌다.

그들이 남긴 여파는 아주 대단했다.

모두가 속으로 적잖게 혀를 내둘렀다.

위불성은 위불성 나름대로, 무성은 또 무성 나름대로 무섭고 이해가 불가능한 작자들이라며 고개를 절레절레 흔들었다.

그렇게 다시 행렬이 움직이려는데, 역시나 몇 발자국 옮기지 않고 멈춰야만 했다.

이번에는 위불성과 같은 자들이 아니었다.

그들의 주인이 마중 나왔다.

무신 백율이 반갑게 인사했다.

"다들 먼 길 오느라 수고 많았다."

다시 사흘 후.

요 며칠 간 시끌벅적하던 무신련의 정문은 한산했다. 도리어 평소보다 사람이 더 적어 을씨년스러운 분위기마저 감돌 정도였다.

그런 정문 앞에 한 사내가 섰다.

평온한 인상에 악동처럼 장난기 가득한 미소를 물고 있는 청년은 주변을 둘러보며 투덜거렸다.

"뭐야, 이거? 며칠 전까지만 해도 사람 너무 많아서 시끄럽다고 들었는데? 사람 차별하는 거야? 히야, 이거 해도 해도 정말 너무한데. 사부님한테 확 일러 버려?"

정문을 지키던 수문장은 고개를 갸웃거렸다.

'음?'

어디선가 많이 본 익숙한 얼굴인데?

그런데 문제는 도무지 누군지 떠오르지가 않는다.

그러다 갑자기 수문장의 머릿속으로 얼핏 한 가지 얼굴이 지나쳤다.

매번 사고를 치고 다니던 이. 오 년 전에 가출하다시피 했던 존재가 있지 않던가.

뒤늦게 그 사실을 깨닫고 무신련이 발칵 뒤집혀 뒤를 쫓으려 했지만, 무신 백율이 직접 '되었다. 방황이 끝나면 돌아오겠지.'라고 한마디를 툭 내던졌던 이.

무신궁을 감싼 네 개의 궁궐 중에서 오랜 시간 동안 주인이 없었던 위기궁(偉麒宮)의 주인.

모두가 없다 치부한다는 무신의 삼제자.

"다, 다, 당신은……!"

"오, 수문장! 오랜만이야? 그동안 잘 지냈어? 사부님도 안에 잘 계시지?"

옥선기린(玉仙麒麟) 이유명(李誘明).

그가 활짝 미소를 지었다.

第九章

무신의 제자들

무신의 세 제자가 모두 돌아왔다!

따스한 성품의 문인산, 탐욕의 화신인 영호휘, 자유분방하다는 이유명.

이들의 등장에 사람들은 모두 환호했다.

특히 이유명은 무신 백율이 직접 불러들였다는 소식에 사람들은 조심스레 의견을 내놓았다.

드디어 후계자 선정을 결심 내린 게 아닐까?

* * *

"이유명······."

무성은 백율이 내준 거처에서 머물다가 우연히 들은 소식에 노대(露臺, 난간뜰)에 나와서 바깥을 살폈다.

저 멀리 인파에 둘러싸여 걸음을 옮기는 이가 보인다.

선한 인상에 개구진 미소를 지닌 젊은이다.

나이는 많이 잡아 봐야 무성보다 두세 살이나 많을까?

사람들과 스스럼없이 이런저런 농담을 주고받고 웃음기가 가득한 모습이 어딜 보아도 딱딱한 것은 싫어하는 자유분방한 사람으로 비쳤다.

문인산은 범, 영호휘는 용, 이유명은 기라더니.

기(麒)는 영수 중에서도 성인(聖人)이 등장할 때에 나타난다는 상서로운 동물이다. 피를 싫어하고 평화를 사랑한다고 한다.

실제로도 권력 다툼이 싫어서 밖으로 나돌았으니.

정말 그렇게 보인다.

하지만 무성의 눈에는 다르게 보였다.

'이리.'

언제나 슬금슬금 주변의 눈치를 살피다가 약점이 보인다 싶으면 바로 물어뜯는 동물.

그는 잊지 않았다.

녀석이 남소유에게 주었던 지난날의 상처를.

그때였다.

갑자기 이야기를 나누기에 바쁘던 이유명이 고개를 들었다. 그러다 우연히 무성과 눈이 정확하게 마주쳤다. 상당한 거리인데도 불구하고.

이유명은 놀랐는지 살짝 놀라다가 이내 호감 가득한 눈웃음을 지으면서 슬쩍 목례를 했다.

속으로는 탐탁지 않다 해도 행동거지까지 그럴 수는 없는 노릇이라, 무성은 가만히 고개를 까닥거렸다.

그것으로 충분했는지 이유명은 다시 사람들과의 대화로 돌아갔다.

그렇게 무성은 이유명을 한참이나 관찰하다가 몸을 돌리려 했다.

"너는 왜 그리도 항상 내 제자 놈들과 갈등을 빚는 게냐? 터가 안 좋은가? 왜 이리 네 녀석과 상성이 맞질 않은 게야?"

갑작스러운 인기척에 무성은 화들짝 놀랐다가 곧 얼굴을 밝히며 뒤로 돌아보았다.

백율이 뒷짐을 쥐고 서 있었다.

"오셨습니까?"

"그래."

백율이 빙그레 웃으며 물었다.

"아까 전에 묻던 거나 계속 물어보자꾸나. 왜 그렇게 사사

건건 부딪치고 다니는 게야?"

이유명을 향한 적의를 읽은 모양이다.

무성은 쓰게 웃었다.

"얽힌 게 많다 보니 그리 되었습니다."

"내가 볼 때는 정말이지 너는 인생을 불편하게 사는 것 같구나."

"그러게 말입니다. 언제쯤이면 풀 수 있을까요?"

가볍게 농을 던진다.

그런데 백율이 웃으며 받아치는 대답이 심상치 않다.

"내가 죽는다면."

"예?"

무성은 저도 모르게 화들짝 놀라고 말았다.

죽어야 한다고? 천하의 무신이?

"아마 내가 죽는다면 너를 둘러싸고 있는 수많은 인연과 은원의 실타래도 단숨에 자를 수 있지 않을까? 이제 너와 나 사이에는 너무나 많은 인연의 끈으로 연결되어 있으니 말이다. 한번 보겠느냐?"

무성은 살짝 영통안을 떴다.

그러자 드러나는 무수히 많은 결의 물결.

'역시나 보이지 않는구나.'

세상에는 수많은 결로 가득하다.

하지만 백율은 전혀 다르다.

깨끗하다.

백발, 백미, 백포, 백염처럼. 하얗다. 예전에 묵혈관법으로 슬쩍 봤던 것과 똑같은 광경이다.

그래도 이전보다 훨씬 경지에 올라서 빈틈이 조금은 보일 줄 알았더니. 달라진 것이 전혀 없다.

'아니, 있어.'

백율을 둘러싼 수천 개의 결. 그중 상당수가 무성과 연결되어 있었다. 그것도 야트막한 것이 아닌 손가락만큼 굵직한 것들이다.

"보이느냐?"

"예. 전에는 없던 것들입니다."

"그래. 너와 나는 이제 떼려야 뗄 수 없는 관계란 뜻이지. 내가 가진 인연이 너와 상당수 겹치고, 네가 맺은 은원이 또 다시 나에게로 이어지니. 이미 너는 내게 분신과도 같다."

분신이라.

무성은 가슴 한편이 묵직해지면서도 따뜻해지는 것 같았다.

백율은 따스한 미소를 지었다.

"그러니 다시 물으마. 내 제자가 될 생각이 아직도 없느냐?"

천하의 무신이, 이제는 하나로 합쳐진 강호의 유일한 절대 자가, 새로운 시대를 써 내려가는 전설이 이처럼 무언가를 갖기 위해 두 번씩 부탁한 경우가 있을까?

그런데 이 두 번째의 의미는 이전보다 훨씬 짙다.

처음에는 거의 충동적이었다.

평소 흥미와 관심을 가지고 관찰하던 존재가 생각 이상으로 활약을 보이자 호기심이 당긴 것이다. 그래서 제안을 할 때에도 장난기가 담겼다.

하지만 이번에는 다르다.

말 속에 담긴 무게와 의미가 이전과는 천지 차이다.

"내 모든 것을 물려주마. 사람, 재물, 영토, 무공, 명성, 그리고 앞으로 가질 모든 것들을. 너에게는 이미 그럴 자격이 있다."

두 눈빛은 엄숙하다.

무성은 잠시간 대답을 하지 않았다.

하지만 돌아오는 대답은,

"혹시 기억하십니까? 이전에 제게 하셨던 말씀을요."

"기억이 나질 않는구나. 이 나이가 되니 자꾸 뭔가를 계속 깜박깜박해."

백율이 그런 말을 한들 누가 믿을까.

이미 그는 대답을 알고 있었을 것이다.

그저 혹시나 하는 마음에 물어본 것일 뿐.

무성은 가볍게 웃으며 말을 이었다.

"외롭다고 하셨지요."

"……."

"너무 오랫동안 홀로 있으려니 심심하시다면서. 그래서 저더러 빨리 올라오라고 하시지 않으셨습니까?"

"……그랬지."

"그러니 제가 뭐라고 말씀드렸는지 기억하십니까?"

그제야 진지했던 백율도 웃음을 터뜨렸다.

"조금만 기다리라고 했지?"

"예. 그랬지요. 지금의 저는 그때에 비하면 어떻습니까?"

"많이 올라왔지. 아직도 갈 길이 너무 멀지만."

"하지만 그것도 금방일 것입니다."

"그러냐?"

백율은 고개를 절레절레 흔들었다.

"하여간 못된 놈. 다른 말을 할 수 없게 아예 대못을 박아 버리는구나."

"죄송합니다."

"아니다. 네가 미안할 게 뭐가 있겠느냐? 그저……."

백율은 무언가를 말하려다 이내 고개를 털었다.

"그저 갑자기 조급해진 모양이다. 이제 드디어 오랫동안 고

대했던 숙원이 완성되는 걸 눈앞에 두고 있으니 마음이 많이 심란해진 모양이야."

"련주님답지 않으십니다."

때를 기다리기 위해 수십 년간 자신을 눌러 죽이기도 하지 않았던가. 그런 이도 조바심은 어쩔 수 없는 모양이다.

"그래. 나답지 않은 일이었지. 하지만 정말 소원이기도 하다. 내 머릿속에 그려지는 풍경을 직접 보는 것이."

"련주님의 그림은 무엇입니까?"

무성은 더 이상 자신과 같은 아픔을 가진 자가 이 강호에 나타나지 않기를 바란다.

그렇다면 백율은?

그는 어떤 이상을 그리고 있을까?

"내가 모든 비난을 안는 것이다."

"예?"

"명성, 비난, 찬사, 원한. 그 모든 것을 짊어지고 가는 것. 그것이 내가 바라는 업이다. 이것은 홍운재의 늙은이들도 마찬가지다. 우리들이 희생하는 것이지. 대신에 이 강호에 큰 성을 하나 우뚝 세우길 바란다. 모두가 그 아래에서 편히 쉬길 바라지."

백율의 말은 계속 이어진다.

"그곳엔 나를 이어 네가 있다. 나를 여러모로 닮은 너는 어린 시절의 아픔을 되풀이하지 않기 위해 열심히 뛰어다니지. 그런 네 곁에는 여러 사람들이 있다. 재상에는 큰 애가 있어 내치를 잘하고, 둘째가 있어 련의 방해가 되는 이들을 누르며, 밖에는 셋째가 돌아다니면서 혹시 잡지 못한 분란을 찾는 것이다."

"······"

"물론 이 늙은이의 헛된 욕심이란 걸 잘 안다. 너와 둘째의 관계도. 네 내자가 될 사람과 셋째의 악연도. 그러니 이리 푸념을 늘어놓는 것이다."

백율은 쓰게 웃으며 한숨을 내쉬었다.

"이런 내가 못나 보이느냐?"

"아닙니다."

무성은 고개를 저었다.

"그게 사람이 아니겠습니까?"

"사람, 사람이라······ 허허허허! 그래. 나도 사람이었지. 하마터면 잊을 뻔했구나."

백율은 기분 좋게 웃다가 이내 씩 장난기 섞인 미소를 지었다.

"그래. 난 사람이다. 남들이 괴물이니, 신이니, 떠들어대서 진짜로 그런 이상한 게 되어 버렸다고 착각했나 보다. 그래. 난 사람이지."

백율은 한쪽 눈을 찡긋했다.

"그럼 감히 이 늙은이의 소원을 가차 없이 걷어차 버린 네 놈에게 응징을 해도 되는 것이겠지? 나는 그냥 평범한 사람에 불과하니 말이다."

대련 신청이다.

"도리어 제가 부탁드리고 싶은 바입니다."

"오냐. 어디 한번 보자꾸나. 그새 달라졌는지."

쉭!

백율의 몸이 갑자기 눈앞에서 사라졌다. 전설상의 도술인 축지라도 벌인 것 같았다.

"벌써부터 시험이신가? 참 빠르시구나."

자신을 따라오라는 뜻이다.

무성은 영통안으로 백율의 흔적을 되짚으며 전력을 다해 몸을 날렸다.

쉬이이이—익!

무신궁의 한쪽에 위치한 연무장.

주인 외에는 어느 누구의 침입과 접근도 허락되지 않은 장소다.

백율은 그 중앙에서 뒷짐을 쥔 채로 서 있었다.

"느려."

그 말이 끝나기 무섭게 갑자기 하늘에 칠흑빛의 어둠이 짙게 깔렸다. 그 사이사이로 우윳빛을 자랑하는 빛부리가 별빛처럼 반짝이더니 백율에게로 쏟아졌다.

파산검훼! 검편이 칠흑빛과 우윳빛을 한데 휘감으며 소낙비처럼 쏟아진다.

"벌써 시작하자는 게냐? 나야 좋지."

백율은 씩 웃더니 뒷짐을 풀고 한쪽 손만 허공에다 가볍게 털었다.

소매가 바람에 펄럭였다.

퍼퍼퍼펑!

강풍이 불어 닥친다. 채찍처럼 굵직하게 몸뚱이를 드러내면서 소낙비를 그대로 후려쳤다.

검편은 백율에게 다가가기도 전에 모조리 분쇄되어 폭발에 폭발을 계속 거듭했다.

그사이로 무성이 뚝 떨어진다.

네 자루의 이기어검을 휘감은 채로.

이전과 다른 점이 있다면 전신이 신마기로 둘러싸여 있어 흑백의 색이 대비되는 천을 칭칭 감은 듯해서 신비한 느낌을 자랑한다는 점이었다.

"제법이구나!"

백율은 씩 웃더니 검결지를 짚으며 허공에다 쭉 그었다.

콰르르르릉!

먼저 앞서 달리던 이기어검 세 자루가 그대로 잘려 나간다.

대신에 무성은 천근추의 수법으로 단숨에 백율 앞으로 착지, 하나 남은 이기어검을 손에 쥐면서 횡대로 세차게 그었다.

반격을 저어해 백율과는 조금 거리가 있다.

하지만 이기어검에 거리의 제약은 없지 않던가!

다시 한 번 파산검휘가 발휘된다. 횡대로 그어지던 그대로 무수히 잘게 쪼개진 검편이 앞으로 쏘아졌다.

"아까 전과 같은가? 아니, 조금 다르구나."

소낙비 때와는 다르다. 이번에는 검편 전부가 영주로 연결되어 신마기가 가득 담겼다.

서로 이질적인 어둠과 빛을 마구 뿌려 대는 수백 개의 검편은 크기만 작을 뿐이지, 하나하나가 이미 이기어검이라고 해도 과언이 아니었다.

수백 개의 이기어검이라니!

물론 발휘할 수 있는 시간과 거리는 그리 길지 않지만 이 자체만으로도 무성이 다시 새로운 경지에 도약했다는 것을 절실히 말해 주는 증거였다.

백율은 오른손을 오므렸다가 동시에 활짝 펼쳤다.

우우──웅!

손바닥이 닿은 대기에 잔잔한 물결이 인다. 공간, 그 자체가 얼어붙어 유리된다.

보이지 않는 무형의 장막.

그것이 까만색으로 물들었다.

파산검훼가 장막을 그대로 두들겼다.

그리고 흡수된다.

그 어떤 소리도 들리지 않았다.

물리적 충돌이 있다면 응당 충격파나 반발력이 뒤따라야 하지 않은가!

무성이 믿기지 않는다는 눈이 되자, 백율은 씩 웃으면서 여태 뒤로 쥐고 있던 왼손을 풀었다.

입신의 경지에 오른 이후로 단 한 번도 오른손 외에는 다른 손을 써 본 적이 없거늘.

'네가 참으로 나를 기쁘게 하는구나.'

백율은 만족에 찬 미소를 지었다.

'하지만 아직 나를 잡기엔 요원함이니!'

그는 가볍게 왼손을 튕겼다.

갑자기 무성의 주변을 감싸던 대기가 떨리더니 분명 사라졌던 파산검훼가 나타나는 게 아닌가!

무신팔법, 유리참공(遊離站空)!

퍼퍼퍼퍼—펑!

자신이 쏟은 수백 개의 이기어검을 되레 자신이 되받아 버린 꼴이 된 셈이다.

무성이 있던 자리에는 엄청난 폭발이 일어났다.

"이런, 너무 심했나?"

고수라 해도 단숨에 죽음을 면치 못할 위력이건만, 백율은 난감하다는 듯이 검지로 볼을 긁적였다.

바로 그 순간,

쐐애애애애—액!

갑자기 옆구리 쪽 공간이 열린다 싶더니 분명 유리참공에 있어서야 할 무성이 나타났다. 네 자루의 이기어검을 다시 대동한 채로.

"이런!"

백율의 얼굴에 처음으로 난감한 기색이 어렸다.

다시 파산검훼가 벌어졌다.

한 개만 하더라도 엄청난 위력을 자랑하건만, 네 개가 동시에 터져 수천 개의 검편을 쏟아 낸다면 어쩌겠는가!

결국 백율은 고스란히 검폭 세례를 뒤집어썼다.

하지만 무성은 거기서 그치지 않았다.

제아무리 허를 찔렀다고 하더라도 상대는 백율. 결코 이 정도로 끝나지는 않는다.

몸을 날린다. 손에 영검을 쥐고서 사선을 그었다.

그때 먼지구름을 뚫고 불쑥 손바닥이 툭 튀어나왔다.

챙!

손바닥은 너무나 간단하게 영검을 쥐었다. 어느 정도 밀리는 듯했지만 상처는 없었다. 밑으로 다른 손이 튀어나와 한 바퀴 휘저었다. 바람을 일으키는 무신팔법, 와선풍화다.

휘이이!

먼지구름을 물린 자리엔 백율이 서 있었다. 우수로 영검을 꽉 쥔 채로.

무성은 이를 악물고 손에 힘을 쥐었다.

지잉, 지잉!

영검이 몸을 부들부들 떨며 어떻게든 힘을 냈지만, 마치 석상처럼 꿈쩍도 않았다.

반면에 백율은 왼손으로 백의에 묻은 먼지를 털었다. 뭔가 못마땅한 얼굴로 입술을 삐죽 내밀며 투덜거린다.

"잠시 후면 연회가 있거늘. 너무한 것 아니냐? 이거 다시 궁으로 돌아가 딴 옷을 꺼내야겠어."

"……."

무성은 대답이 없었다. 그저 계속 손에 힘을 준다.

"재미없긴. 아서라. 그리 힘을 줘 봤자 네 손만 아플 뿐이니. 클클클클. 이 늙은이에게는 아직 멀었느니라."

결국 무성은 영검을 풀고 물러섰다.

몸을 감고 있던 신마기가 허공에 흩어져 사라졌다.

백율은 흥미 가득한 얼굴이 되었다.

"참으로 재미난 기운이구나. 신기는 그렇다 치고 마기라니? 어디 눈 먼 마인 놈들의 정기라도 갈취한 게냐?"

"마령주라더군요."

"그렇군. 마령…… 음? 설마 천마의 그 마령주는 아니겠지?"

"그 설마가 맞습니다."

"허! 그걸 먹어?"

백율은 어이가 없다는 표정이었다.

무성은 쓰게 웃으며 아랫배를 쓰다듬었다.

"지금도 간간이 진정이 안 되고 폭주를 일으키긴 합니다만, 금구환 덕분인지 서로 반발을 일으키지 않고 융화가 되어서 쓰는 데 큰 무리가 없습니다. 그래도 조만간에 나눠진 두 기운을 잘게 부숴 한데 섞을까 생각 중입니다."

금구환과 마령주.

현 시대의 전설인 무신의 손길이 닿은 영약과 천외를 넘보던 천마가 남긴 내단.

두 상반된 기운은 호시탐탐 언제라도 서로를 부수기 위해 으르렁거리고 있다. 마치 용과 범을 한 곳에 둔 기분이다.

"아니. 그건 네가 조화를 일으킬 만큼 이미 경지에 이르렀기 때문이다."

백율은 단호하게 고개를 저었다.

"금구환과 마령주는 절대 섞이지 못한다. 그 존재 자체로 서로 대척점에 놓여 있기 때문이지. 하나는 창생을, 다른 하나는 파괴를 의미하는데 어찌 양립할 수 있겠느냐? 하지만 그것이 가능한 이유는 네가 이제 이 두 가지를 다룰 수 있을 정도로 깊은 수양을 터득했다는 것을 의미한다."

"아!"

"넌 네가 얼마나 성장했는지 아느냐?"

"모릅니다."

"한 걸음이다."

"……?"

"네가 날 밀친 걸음의 발자국 수."

"……!"

무성은 그제야 백율이 처음 섰던 위치에서 살짝 밀려난 것을 발견했다.

"그리 억울해할 필요는 없다. 나를 아는 자들이라면 아주 놀라다 못해 경기를 일으킬 정도이니. 흘흘흘흘! 홍운재의 늙은이 한꺼번에 덤벼도, 검존이나 다른 놈들이 덤벼도 물리지 못한 것이 이 늙은 몸뚱이다. 너는 거기에 자부심을 가져도 좋아."

무성은 가슴 한편이 묵직해졌다.

백율의 칭찬은 천금보다도 값졌다.

"물론 그 정도로만 가능하지는 않지. 나도 천마도 너보다 훨씬 높은 경지이거늘."

"그럼 다른 이유는 무엇입니까?"

"혼명. 그것도 완성된."

무성은 그제야 납득할 수 있었다.

"대저 너에게 그동안 얼마나 많은 인연이 닿았는지는 모르겠으나, 혼명의 본모습을 되찾은 듯싶구나. 축하한다."

"감사합니다."

"혼명은 여전히 많은 것을 담고 있는 이능의 무학이지. 여전히 연원도 근원도 모른다. 다만, 태초에 존재했던 혼돈을 그리고자 하는 것이니 충분히 금구환도 마령주도 포용할 수 있는 것일 터."

백율은 진지하게 말했다.

"물론 그 정도로 그쳐서는 안 된다는 것을 잘 알고 있겠지?"

"예."

"혼명은 이제야 제 모습을 찾았을 뿐이다. 부화를 위한 준비가 끝났다는 의미지. 그것을 뛰어넘어라. 껍질을 깨라. 금구환과 마령주, 모두를 네 것으로 삼고 혼명의 모든 한계와 가능성을 깨우쳐라."

그 경지가 바로 혼명의 마지막 단계, 각성(覺醒).

"그리만 한다면 지금 내가 있는 곳에 닿을 수 있을 것이다."

무성의 눈이 귀화로 반짝거린다.

드디어 보이기 시작했다.

저 구름 너머에만 있던 무신의 발끝이.

*　　　*　　　*

연회가 시작되었다.

무신궁의 거대한 마당에 갖가지 음식이 놓였다. 사람들은 저마다 돌아다니면서 서로 축하의 인사를 나누기에 바빴다.

무신련의 강호 일통을 축하하는 사절들이 일일이 백율을 배알하고 충성을 맹세했다.

"무신련의 행사에 영광이 가득하기를."

"그대들의 앞길에 광명이 있기를 빌겠네."

홍운재 장로들은 별도로 분리되어 인파에 섞이지 않았다. 도리어 탐탁지 않아 하는 기색이 강했다. 백율이 부탁해 자리를 채우고 있을 뿐, 정치를 싫어하는 그들로서는 이런 곳이 영 가시방석이었다.

"축하드립니다."

"정말 대단하세요. 이제는 련을 이끌기만 하시면 되시겠네요."

문인산 주변은 사람들로 북적였다.

개중에는 벌써 차기 련주로 생각하는 사람도 있었다.

대공자로서 살존과 만야월을 처치한 업적이 있지 않은가. 덕분에 그가 차기 련주로 내정되었다고 판단한 자들은 벌써부터 주변을 맴돌았다.

특히 현재 최고의 명예를 달리는 무성의 얼굴을 보고자 하는 이들도 있었다.

그의 처가인 하후도가는 먼발치에서만 있을 뿐 이들 사이에 융화되질 못했다.

문인산은 상대적으로 많이 피곤해 보였지만 사람들을 절대 허투루 다루지 않았다.

한편, 상대적으로 영호휘 주변은 한산했다.

그들 역시 만독부를 처치했다고는 하나, 이미 쌍존맹은 거의 다 쓰러지던 때였고 지방에만 틀어박혀 있던 독존을 천하를 무대로 누비던 살존과 비교할 것에는 되지 못했다.

그래도 상당수 인사들을 포섭해 적지 않은 인원이 있었기에 문인산과는 대비되는 양상을 보였다.

하지만 이유명은 두 사람과 조금 달랐다.

어차피 정치적 기반이라고는 없다시피 하기 때문인지 개의

치 않고 문인산 진영과 영호휘 진영을 막론하고 오고 가면서 사람들과 반갑게 인사했다.

"많이 소란스럽지?"

멀리서 가만히 연회를 지켜보던 무성은 어느새 옆에 다가온 뚱뚱한 중년인, 방효거사를 보면서 고개를 끄덕였다.

"예. 그러군요."

"또 주군의 명을 걷어찼다고 들었네."

이미 이야기를 한 모양이다.

무성은 계면쩍은 얼굴로 볼을 긁적였다.

"어쩌다 보니 그리 되었습니다."

"쯧! 아쉬워. 자네가 있으면 련이 보다 안정적으로 돌아갈 것인데 말이지. 대공자도 자네의 옆을 보좌하는 정도라면 충분히 만족할 터인데."

무성은 고개를 저었다.

"제가 보좌해 드릴 수도 있지요."

순간, 방효거사의 눈이 반짝거렸다. 상인으로서의 눈이었다.

"뜻을, 정한 겐가?"

"그렇다고 무신련에 완전히 몸을 담겠다는 말은 아닙니다. 문 공자께서 기반을 제대로 마련하실 때까지 옆을 지켜 드리겠다는 것이지요. 아직도 신변에 정리해야 하실 것이 많으실 테니까요."

무성은 눈을 가느다랗게 좁혔다.

저 멀리 그의 시야에 영호휘가 비쳤다.

몰락을 겪었어도 다시 일어나려는 모습이 보인다.

그 외에도 문인산이 극복해야 할 것은 많다.

쌍존맹과 야별성의 잔존 세력들.

주변의 우려 섞인 시선들.

그리고,

'무신의 그림자까지.'

그림자를 물리치지 못한다면 무신련은 문인산의 대에서 끝날 것이다.

그 후에 다시 천하에 혼란이 닥칠 것은 자명한 일.

그런 일만은 반드시 막아야 했다.

"그것만으로도 대공자에게는 큰 힘이 될 걸세. 쉽지 않았을 터인데, 큰 결심을 했구만. 한데, 자네의 이런 결심, 대공자도 아나?"

무성은 말없이 고개를 저었다.

방효거사가 손으로 턱을 짚었다.

"음, 그렇다면 조금 힘들 수도 있겠구만? 죽어도 자네의 도움은 안 받으려 할 텐데 말이지."

"타인에게 폐를 끼치는 것을 누구보다 싫어하시는 분이시니까요. 이미 그것까지 감안하고 있습니다. 오늘 후계 발표가 나면 저녁에 진지하게 말씀드릴 생각입니다."

"잘 되었군. 이제 남은 건 문 공자가 결심을 내리기만 하면 되는 거로군."

사실 방효거사로서도 무성이 안 된다면 문인산이 차기 련주가 되는 게 편했다.

권력의 욕심이 없으니 재상으로서 련의 일을 끌어가는 데 있어서 큰 방해나 제지를 하지 않을 테니. 방효거사가 꿈꾸는 것은 재상 통치의 조직이었다.

문제는 문인산을 어떻게 설득하냐는 것인데.

"이미 문 공자님도 어느 정도 결심이 섰습니다."

방효거사가 반색했다.

"그, 그게 참말인가?"

"예. 더 이상 결론을 미루면 결국 계속 혼란만 부를 것이라 말씀드렸지요. 그랬더니 숙고 끝에 결론을 내리셨습니다."

무성은 문인산과의 동행 길에 그를 수없이 설득했다.

그리고 뜻한 바를 이뤘다.

"잘 되었어! 무릇 대를 이어 번영을 거듭하는 왕조도 창업 때는 무(武)로서 혼란을 정리하고 평화를 가져와 덩치를 불리고, 차대에는 덕(德)으로서 조직을 탄탄하게 하고 내치에 신경을 써서 안을 단단하게 만드는 법이지. 그런 면에서 보자면 대공자가 가장 적임자야."

천하에서 손꼽힌다는 최고의 거부, 방효거사는 다른 어느 때보다 머릿속에 든 주판을 두들겼다.

"좋아. 대공자의 결심이 섰다면 바로 일을 추진해도 되겠군. 그렇지 않아도 손발이 묶여 답답하던 차였는데."

"일이라니요?"

방효거사가 진지한 얼굴이 되었다. 그는 주변을 슬쩍 곁눈질했다. 보는 눈과 듣는 귀가 많다는 뜻이다.

무성은 다른 사람들이 알아채지 못하도록 주변에다가 기막을 둘러쳤다.

"이제 말씀하시면 됩니다. 왜 그러십니까? 무슨 일이라도 있습니까?"

"있지. 아주 큰일."

웬만한 일은 방효거사의 손에서 끝날 수 있을 텐데?

방효거사는 묵직한 어조로 말했다.

"사실 이공자가 이번 연회에서 후계자 발표가 끝나고 나서 궁 내에서 반란을 일으킬 것이란 첩보가 있었다네."

"……!"

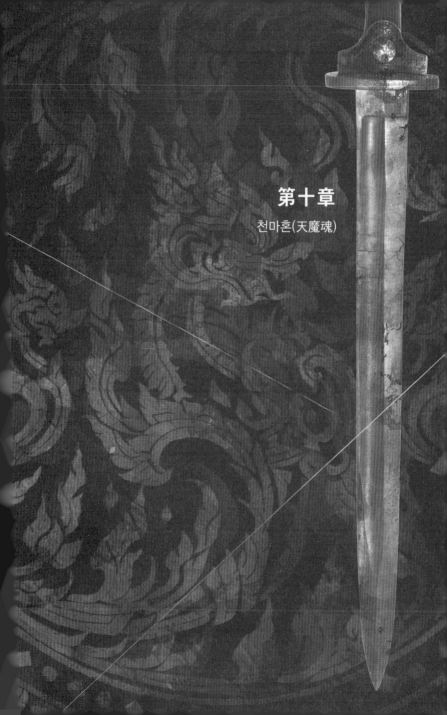

第十章

천마혼(天魔魂)

영호휘는 묵묵히 술잔을 입에 가져다 대면서 입술을 달싹였다.

『이번 일은 이전과 다르다. 규모도 가능성도 이전에 비해 훨씬 적지. 용서를 받을 수 있었던 이전과는 다르게 지금은 실패란 곧 죽음이야. 아니, 성공하여도 실패하여도 너는 죽는다. 그런데도 따를 테냐?』

『이미 저희 모두 주군께 바친 인생입니다.』

『……고맙구나.』

『군왕은 무치(無恥)라 하였습니다. 말씀 거두어 주십시오. 속하는 주군께서 명령을 내리시는 것으로 족합니다.』

『알았다. 준비하여라.』

『존명!』

영호산이 슬그머니 인파들 사이로 사라졌다.

*   *   *

무성의 눈이 커졌다.

"그들에게 그만한 전력이 있습니까?"

"왜 없겠나? 듣자 하니 이번에 초왕부에서 제거하지 못한 자들이 있지 않았나?"

무성은 두 사람의 얼굴을 떠올렸다.

금태연과 창마.

"그들이 영호휘와 손을 잡았네."

무성은 주먹을 꽉 쥐었다.

그들이라면 확실히 영호휘의 패로 확실하다.

"거기다 그뿐만이 아니네. 하나가 더 있어."

"누굽니까?"

"독존."

*   *   *

영호산은 무신궁을 몰래 빠져나와 거룡궁으로 향했다.

몇 번이고 자신을 따라붙은 그림자가 있는지를 확인한 그는 없는 것을 확신한 후에야 장치를 조작해 입구 옆쪽에 마련된 비밀 벽 문을 열었다.

그그긍!

영호산은 숨을 참으며 뒤로 물러섰다.

"나오시오."

어둠 속에서 녹색 광망이 뿌려진다. 새하얀 독 가루가 안개처럼 퍼져 나왔다.

"드디어 지난날의 원한을 갚을 때인가?"

추레한 몰골에 까끌까끌한 목소리를 내뱉는다. 그 나이에 어울리지 않게 젊은 모습이었지만, 전신에서 음침한 분위기가 맴돌아 나이를 무색케 만들었다.

독존 당망(唐莽).

그가 뒤를 돌아보았다.

"이곳에서 화려하게 불꽃을 태워 보자꾸나."

독존이 걸음을 옮길 때마다 코가 썩을 것 같은 악취가 풍긴다. 싱싱했던 땅이 시들어 죽었다.

그리고 꼬리처럼 그 뒤를 따르는 이들이 있었다.

모두 서른한 명이다.

본래는 모두 서른세 명이었으나, 두 명이 죽거나 사라졌다. 독존이 애완동물처럼 기른다는 제자, 황천삼십일수(荒天三十一獸)가 짐승처럼 으르렁거렸다.

음산한 죽음의 냄새를 풀풀 휘날렸다.

    *   *   *

"이 소식을 알려준 이가 바로 자네의 측근일세."

"염호리로군요."

"그렇다네."

이제는 귀병가의 지낭을 맡게 된 목단영의 모습이 언뜻 떠올랐다가 사라졌다. 다행히 사천을 무사히 탈출한 모양이었다.

"이공자가 증거로 내민 독존의 머리는 사실 그의 아들이자 당가타의 가주인 당개선이란 사실이 밝혀졌네."

"……아들을 팔아 복수를 꾀하려는 것이로군요."

"그러고도 충분히 남을 작자지. 정확히 파악되지는 않았으나, 사천에서 금태연의 중재로 영호휘와 창마가 서로 만나 의기투합을 한 모양이야."

"하면 그들이 전부 행렬 속에 가담해 련내로 들어왔다는 말씀이십니까?"

"그러네."

"어째서 막지 않으셨습니까?"

"막지 않은 게 아니라 못한 거지."

"예?"

"혐의만 있을 뿐, 증좌가 없네. 아니, 있어도 힘들어. 어디까지나 거룡궁의 행사로 주장하면 막을 명분이 없으니. 막말로 그들을 포로로 잡았다거나 회유했다고 말해 버리면 그만이지 않은가?"

"그렇……군요."

"그들을 방비하고자 거룡궁 주변에다 방비책을 마련하긴 했네만, 여태껏 그럴 명분이 없었다네. 하지만 이제는 달라졌어."

방효거사의 입꼬리가 올라갔다.

"대공자가 결심을 내렸다지? 그렇다면 명분을 틀어쥐게 된 셈이야. 후계자가 아닌 다른 자가 불순한 의도로 병력을 소지하고 있으면 안 되는 것이니. 저항한다면 반란 분자로 찍으면 그만이고."

무성은 그제야 방효거사의 노림수를 깨달았다.

백율이 문인산을 후계자로 선포하는 순간, 신호탄이 터질 것이다.

그때는 거룡궁 인근에서 대기하고 있을 병력들이 일제히 쏟아지리라.

*　　　*　　　*

어둠이 깔린 숲 속.

일련의 무리들이 거룡궁의 일거수일투족을 살피고 있었다.
영호산의 안내에 따라 독존과 황천삼십일수가 죽음의 냄새를
날리며 걸어 나오고 있었다.

"대장, 저들은……!"

"안다. 나도 보고 있으니. 빌어먹을 것들. 감히 여기가 어디
라고 들어와?"

백하도(白河圖)는 이를 잔뜩 갈았다.

무신궁을 수호하는 삼대 위군 중 하나인 백도위군(白道
衛軍).

그들은 백하도의 지시에 따라 출병 준비를 갖췄다.

"모두, 준비하라."

*　　　*　　　*

무성은 방효거사의 눈을 보았다.

"제게 부탁하실 것이 있으신 듯합니다만."

방효거사는 혀를 찼다.

290 용을 삼킨 검

"쯧! 사람이 어떻게 장사치보다 더 눈치가 빠른가? 이럴 때는 좀 그냥 넘어가면 덧나는가? 자네, 정말 살존도 거꾸러뜨린 그 마라혈붕, 맞는 게지?"

"걱정 마십시오. 본인 맞습니다."

"정말이지 볼수록 아까워. 하면 염치 불고하고 부탁함세. 이공자를 맡아 주게."

방효거사는 턱짓으로 영호휘를 가리켰다.

"영호휘를 제압하란 말씀이십니까?"

"꼭 강제적으로 그러란 것은 아니지만, 좀 안 좋은 기미가 보인다 싶으면 나서달라는 게야. 여기서 신분으로나 무위로나 이공자에게 꿇리지 않는 건 자네밖에 없지 않나?"

"그러지요."

"흐흐흐흐! 이제야 좀 마음이 한결 놓이는군."

방효거사는 푸근한 얼굴로 가장 상석에 있는 무신 백율을 올려다보았다.

"하면 우리는 이제 마음 편하게 저분의 결정을 기다리세."

때마침 백율이 단상에서 일어났다.

"드디어 시작하시는군."

무성은 고개를 끄덕이며 백율의 입을 주목했다.

거짓말처럼 음악이 멈춘다.

떠들썩하던 분위기가 단숨에 가라앉고 모든 이들의 시선이 백율 쪽으로 모여든다.

적막이 짙게 흐른다.

백율이 천천히 입을 열었다.

"오랜 세월에 걸쳐 우리는 드디어 뜻을 이뤘다. 련은 번창을 하고 이 강호에는 더 이상의 혼란이 종식되었다. 하지만 도처에는 여전히 분쟁이 그치질 않고 신음과 비명을 지르는 이들이 많음이니."

말을 한 차례 끊고 다시 잇는다.

"해서 나는 이번 기회에 내 뒤를 이어 련을 이끌 후계자를 선언하고자 한다."

모두가 숨을 죽인다.

문인산은 눈을 꼭 감은 채로 서 있다. 영호휘는 의외로 담담해 보였다. 도리어 미소까지 짓는 게 이상한 기운이 풍긴다. 이유명은 호기심 가득한 얼굴이 되었다.

모두의 이목이 백율의 입으로 주목되었다.

"바로 첫째 문인산이다."

사람들이 모두 문인산에게로 모였다. 입가에 환희를 가득 찬 미소를 띠고서.

반면에 영호휘 진영은 모두 묵묵히 자리에서 일어났다. 몇

몇은 아예 영호휘의 눈치를 보다가 슬그머니 문인산 진영 쪽으로 사라지기도 했다.

축복과 찬사가 오고 가는 밝은 분위기 뒤로는 새로운 전쟁이 벌어지려 하고 있었다.

"부탁하네. 이번 일은 절대 대공자의 얼굴에 흠집이 나서는 아니 된다네. 무슨 말인지 알지?"

"예. 알고 있습니다."

이번 사태를 영호휘의 독자적인 반란과 재상부에서의 진압선에서 끝내려는 것이다. 이제 막 걸음마를 떼려고 하는 문인산의 손에 피를 묻히지 않게 하려는 방효거사의 배려였다.

무성은 발걸음을 옮기기 전에 먼발치에서나마 문인산을 보았다.

'축하드립니다.'

인사는 다음에도 가능하다.

무성은 망량유운을 펼쳐 인파 속으로 몸을 감췄다.

스륵!

영호휘 진영은 벌써 연회장을 벗어난 직후였다.

'우측. 거룡궁 쪽으로 가려는 거야.'

무성은 영통안을 활짝 펼쳐 영호휘가 남긴 결을 따라 바삐 발을 놀렸다.

곧 거룡궁으로 향하는 숲길이 나타났다.

가느다란 숲길 주변에는 거목으로 빽빽했다. 평소에는 상쾌한 삼림욕을 느낄 수 있건만, 오늘따라 이상하게 빛이 들어오질 않아 음산한 느낌이 풍겼다.

그런데 그 숲길 한가운데에 영호휘가 홀로 서 있었다. 마치 무성을 기다리고 있었다는 듯이.

동행하던 일행은 전혀 보이지 않았다.

무성은 다시 은신술을 펼치려 했지만, 영호휘가 큰 목소리로 외쳤다.

"진무성! 사라지지 마라!"

이렇게까지 나오는데 따를 수밖에 없었다.

함정이 아닐까 하는 생각이 들었지만, 영통안으로 주변을 둘러봐도 이곳은 정말 영호휘 혼자였다.

결국 그가 수작을 부려도 크게 부리지 못할 거란 생각에 무성은 은신을 풀고 앞으로 나섰다. 반역을 꾀하려는 녀석이 무슨 생각을 하려는 것인지도 궁금했다.

"왜 부른 거지?"

"마지막 떠나기 전에 본인을 이 꼴로 만든 자의 얼굴을 봐야 하지 않겠느냐."

'떠난다고?'

무성은 인상을 찡그렸다. 녀석의 말뜻을 이해할 수 없었다.

그러건 간에 말건 간에 영호휘는 제 말을 계속했다.

"본인은 언제나 궁금했다. 어째서 하루살이에 불과했던 놈이 이리도 큰 것일까? 용은 여의주를 잃고 떨어졌거늘, 곤은 어찌 붕이 되어 하늘로 올라갔는가? 대체 그대와 본인 사이에 무슨 차이가 있기에?"

"그래서? 답은 찾았나?"

"아니. 찾지 못했다. 그래서 이제부터 찾으려고 한다."

"어떻게?"

"이렇게."

콰직!

갑자기 영호휘의 가슴팍 안쪽에서 무언가가 부서지는 소리가 났다. 입과 코, 귓가를 따라 짙은 선혈이 흘러내리기 시작했다.

"너, 설마?"

무성은 경악했다.

자의로 자신의 심장을 부순 것이다.

영호휘는 마지막 숨을 내뱉으며 웃었다.

"너의 마지막 발악을 저 하늘에서 지켜보마. 그……것도 벗어……난다면……넌……날 이긴……것이……다."

영호휘는 그 말을 끝으로 허물어졌다.

자결을 했다고?

단순히 권력 다툼에서 멀어졌다고?

아니다.

영호휘는 끝까지 몸부림을 치면 쳤지 절대 스스로 목숨을 끊을 위인이 아니다.

그렇다면, 왜?

"대체 무슨 일이 벌어지는 거지?"

바로 그때였다.

갑자기 숲 속에서 다수의 무사들이 쏟아졌다.

그런데 예상과 달리 거룡궁의 사람들이 아닌 위불성을 비롯한 중마위군이었다. 그들은 무성의 주변을 삥 에워쌌다.

"당신들이 왜……?"

무성은 차갑게 굳은 위불성의 얼굴을 본 순간 예감이 좋지 않았다.

무언가가 잘못 돌아가고 있었다.

"결국…… 이공자까지……."

위불성은 슬픔 가득한 눈길로 영호휘의 시선을 보다가 홱하고 무성을 노려보았다.

악다문 입술 사이로 짙은 분노가 흘러나왔다.

"어째서냐, 마라혈붕?"

"이건……!"

"어째서 이런 잔혹한 일을 저지른 것이냐? 그토록 권력이 탐이 났던 것이냐? 이공자는 그렇다 치더라도 너를 지키려 했던 대공자까지……! 인간의 탈을 쓰고 어찌 그럴 수 있단 말이냐! 어찌!"

순간 무성은 머리 한쪽이 댕 하고 울리는 듯했다.

"그게 무슨……?"

"끝까지 발뺌하려는 속셈이냐?"

위불성이 차갑게 욕설을 내뱉었다.

"네놈이 대공자를 해치지 않았더냐!"

"……!"

*   *   *

그것은 정말 눈 깜짝할 사이에 벌어진 비극이었다.

쾅! 콰콰쾅!

갑자기 무신궁 주변에서 엄청난 폭발 소리가 들렸다.

"무, 뭐야?"

"적습이다! 기습이다!"

지반이 흔들린다. 연회장이 소란에 잠겼다. 탁상에 올라 있던 음식이며 술이 바닥으로 미끄러졌다. 무신궁을 둘러싼 숲이 불길에 휩싸였다.

소란은 거기서 그치지 않았다.

쉬시식!

갑자기 연회장 안으로 일련의 무리들이 쳐들어왔다.

하나같이 시체가 썩는 것 같은 악취를 풀풀 날리는 독인
(毒人)이었다. 두 눈은 녹광으로 반짝거리며 양손은 시커멓게
문드러져 앙상한 뼈대만 남았다. 특히 입에서 짐승이 울부짖
는 것 같은 가래 끓는 소리가 났다.

황천삼십일수였다.

"대, 대체 저들이 어떻게?"

방효거사는 도무지 자신의 눈을 믿을 수가 없었다.

분명 거룡궁 주변에 백도위군을 배치해 뒀거늘

어떻게 이들이 여기서 나타날 수 있단 말인가!

*　　　*　　　*

백도위군의 군주, 백하도는 도무지 자신의 눈을 믿을 수가
없었다.

다른 삼대 위군에 비해 백도위군의 숫자가 절반에 가깝게
적긴 했다.

그래도 삼백 명이다. 삼백 명.

특히나 구성 면면을 보면 모두 일류에 달하는 고수들.

일개 중소 문파는 비교도 안 될 정도로 막강한 전력이며

능히 구대 문파 중 하나와 비교해도 뒤지지 않을 거라 자부했다.

그런데 그들이 전멸했다.

단 한 명에 의해.

아니, 한 명이라고 할 수 있을까?

키아아아아! 끼기기기긱!

죽은 수하들의 시신이 널브러진 한가운데. 짙은 어둠이 깔린다. 그 속에는 듣는 것만으로도 오한이 들고 귀를 파버리고 싶을 정도로 으스스한 유령과 망자의 절규가 울렸다.

그때 어둠을 등지고 땅딸막한 노인이 뒤로 돌아섰다.

시커먼 눈을 마주한 순간, 백하도는 머릿속이 새하얗게 탈색되고 말았다.

저 눈이다.

거룡궁을 제압하기 위해 병력을 출진하려던 찰나, 하늘에서 보았던 눈.

노인은 갑자기 나타났다. 백도위군 사이로 툭 하고 떨어지더니 기괴한 웃음소리와 함께 날뛰기 시작했다. 그림자가 땅을 까맣게 물들고 하늘 위로 올라가 세상을 칠흑빛으로 물들였다.

그리고 지옥에나 존재할 유령과 망자들이 튀어나와 마구잡이로 백도위군을 농락했다. 팔다리를 찢고, 내장을 씹어 먹고,

머리를 터뜨려 뇌수를 벌컥벌컥 들이켰다.

백하도가 정신을 되찾았을 때는 이미 수하들이 싸늘한 주검이 되어, 아니, 발기발기 찢긴 고깃덩어리가 되어 거룡궁 주변에 널브러진 후였다.

저벅, 저벅,

노인이 이곳으로 다가온다.

"이제는 그놈의 방해가 없으니 좋군, 냄새를 맡고 오기 전에 빨리 끝내야겠어."

노인은 마지막 남은 생존자, 백하도를 보면서 입을 쩍 벌렸다. 등 뒤 어둠도 같이 벌어지면서 톱날처럼 뾰족한 핏빛 이빨이 드러났다.

백하도는 녀석을 보면서 중얼거렸다.

"귀신……!"

콰직!

그 말을 끝으로 목이 어깨에서 굴러 떨어졌다.

저 머나먼 북해에서 흉망이라 불리는 노인은 주변을 둘러보다 다음 사냥감을 찾아 움직였다.

*   *   *

방효거사는 재빨리 정신을 차렸다.

백도위군이 당했다는 사실이 믿기지 않았지만, 지금은 이 일을 막는 것부터가 중요했다.

하지만 황천삼십일수는 빨랐다.

파바밧!

녀석들은 이미 이곳에 오기 전에 인성을 버리고 공력을 폭주시켜 단기간에 힘을 몇 배로 증폭시키는 폭혈단(暴血丹)을 섭취한 상태였다.

덕분에 짐승처럼 사나웠다.

크와아아앙!

그들은 눈에 보이는 이들은 닥치는 대로 공격했다.

살짝 구부린 손을 마구잡이로 휘두른다. 아무런 무기도 달려 있지 않은데도 불구하고 살갗이 닿을 때마다 움푹움푹 패이며 살점이 한 덩어리나 떨어져 나갔다.

피해를 입은 무인들은 비명을 지르지도 못했다. 황천삼십일수의 손끝에는 부시독(腐屍毒)이 발려져 있어 상처에 닿는 순간 곧장 중독되어 몸이 썩어 들어갔다.

"크아아아악!"

"커헉!"

비명이 울려 퍼진다.

무인들은 다급히 방어를 하려 했지만, 너무나 갑작스러운 공격이었기 때문에 정신을 차리지 못했다.

무신련의 중앙에서 이런 일이 벌어질 줄 누가 짐작이나 했
겠는가!

"주, 중마위군은! 위 군주와 중마위군은 어디 있는가!"

불상사를 대비해 미리 연회장 주변에다 중마위군을 배치해
뒀었다. 그런데 이상하게 그들도 보이지 않았다.

덕분에 황천삼십일수는 고수들을 유린하면서 단숨에 가장
안쪽까지 닿을 수 있었다. 서로 다른 방향에서 날뛰던 그들은
이내 한 곳으로 모여들었다.

백율이 앉아 있는 곳이었다.

"백유우우우우우울!"

바로 그때 황천삼십일수 틈바구니 사이로 한 사내가 튀어
나왔다.

죽은 당개선과 너무나 똑같은 얼굴이다. 창백한 얼굴에 핏
대가 거미줄처럼 올라온 기괴한 몰골을 가진 독존은 독 안개
를 잔뜩 뿌리면서 백율에게로 달려들었다.

"왔구나."

백율은 천천히 태사의에서 일어났다.

"무엇이 네놈을 이곳으로 끌고 온 것이냐?"

백율이 기억하는 독존은 절대 자신의 안마당에서 벗어날
줄 모르는 자였다.

오로지 일신의 영달과 안위만을 중시하기 때문에 이렇게 도

박에 가까운 행동은 지양하는 편이었다. 한다 하더라도 절대 사천을 떠나는 경우가 없었다.

"내 모든 것!"

독존이 울부짖는다.

혈족과 가문, 모든 것을 잃어버린 자의 비탄이다.

"그랬구나. 아무리 그래도 너 역시 사람이었어."

백율은 자신만이 알아들을 수 있는 말을 작게 중얼거리다 이내 눈을 크게 떴다.

"하지만 너는 아무것도 되찾을 수 없을 것이다."

오른손을 허공에다 뿌린다.

"내가 그리 만들 것이니."

"허튼소리!"

크아아아아!

독존은 제자들과 똑같은 짐승이 되어 포효를 내지른다. 이내 서른두 마리의 짐승이 독과 죽음을 한가득 안고 백율에 치달았다.

콰콰쾅!

"대공자, 이곳으로!"

방효거사는 문인산을 데리고 나서려 했다. 홍운재 장로 중 일부도 그의 주변으로 모였다. 차기 련주로 꼽혔으니 이제는 그를 반드시 지켜야만 했다.

다른 사람들은 황도삼십일수를 피해 줄행랑을 놓은 뒤였다.

문인산은 주변을 두리번거렸다.

"무성은? 무성은 어디 있습니까?"

"이미 다른 곳으로 갔다오. 그러니 어서……."

하지만 문인산은 속 타는 방효거사와 장로들의 의사와 다르게 꿈쩍도 하지 않았다.

그가 딱딱한 말투로 말했다.

"휘아에게 보냈군요."

"그건……!"

"그 아이를 데려오십시오."

"무성은 괜찮을 겁니다!"

문인산은 버럭 호통을 쳤다. 늘 인자한 품성의 그가 이렇게 격한 감정을 드러내는 것은 처음 보는 일이었다.

"하늘을 집어삼킬 정도로 큰 눈을 지니셨다는 분이 어째서 이런 일에는 바늘구멍보다도 더 눈이 작아지시는 겁니까! 무성에게도 일이 생겼을 게 당연한 일이 아닙니까!"

"……!"

그제야 방효거사는 자신의 실수를 깨달았다.

백도위군과 중마위군도 실종시킨 자들이다. 눈이 붙어 있다는 것을 알고 역으로 이용해 함정을 팠을 정도로 철두철미한 자들이 과연 무성이라고 신경 쓰지 않았을까?

'영호휘는 미끼다! 다른 몸통이 있어!'

그 사실을 깨닫고 방효거사가 수하들에게 다급히 지시를 내리려는 순간,

"진무성, 그 아이라면 이미 다른 자들이 마중 나가 있으니 걱정하지 않아도 된다."

푹!

방효거사는 아찔한 고통과 함께 가슴팍을 뚫고 튀어나온 창날을 내려다보았다.

그것을 보고 가장 먼저 드는 생각은,

'이 뚱뚱한 몸에도 칼이 박히는구나.'

그리고 마지막으로 한 얼굴이 떠올랐다가 사라졌다.

'미안하다, 소소야. 이번에도 약속을 지키지 못하고 말았어……'

방효거사의 묵직한 몸뚱이가 힘없이 쓰러졌다.

더불어 한 줄기 바람이 분다 싶더니 문인산을 호위하던 무사들뿐만 아니라, 홍운재 장로들도 다 같이 피를 뿌리며 쓰러졌다.

그야말로 눈 깜짝할 사이에 벌어진 일이었다.

홀로 서 있게 된 문인산은 고요한 어투로 물었다.

"당신은…… 누구십니까?"

"나, 말이더냐?"

자객은 창날에 묻은 핏물을 가볍게 털었다. 귀에 달린 귀걸이가 찰랑거리며 소리를 냈다.

"창마 단충시라고 한다."

문인산도 들은 적이 있었다.

한때 스승 백율이 무신행을 함에 있어서 가장 큰 걸림돌이 되었던 존재에 대해서.

"야별성의 무곡으로 계시다는 말을 들었습니다만, 이렇게 뵙게 될 줄은 몰랐습니다."

"동감이다. 나 역시 백율의 제자를 시해하는 일개 자객으로 전락하게 될 줄은 꿈에도 몰랐으니."

문인산은 창마의 어투에서 짙은 시름을 읽었다.

만약 초왕부에서의 일이 절반만 성공했더라도 이런 무리한 공세는 취하지 않았으리라.

하지만 야별성은 기틀이 완전히 붕괴해 버렸고, 무신련과 대적할 대부분의 수를 잃어버렸다.

본체가 있다고는 하나 아직 완전히 무르익지도 않은 가운데 강호를 일통하며 계속 세를 더해 갈 무신련을 당해 낼 거란 안일한 판단과 기대는 갖기가 어려웠다.

그래서 이런 수를 써야만 했던 것이겠지.

실제로 이번 일에는 금태연이 의견을 내놓고, 창마가 주도적으로 나섰다. 영호휘와 독존이 기꺼이 자신의 목숨을 내놓겠다고 약조했다.

조건은 단 하나.

백율과 무성을 무너뜨리는 것.

"그래도 이렇게 내부에서 흔들어 줄 자가 있어서 다행이라고 해야 할까? 아니면 복수에 눈이 멀어 제 사부도 해하려는 그 어리석음을 비웃어야 할까? 어찌 되었건 간에 노부로서는 어쩔 수 없는 선택이었다."

문인산은 영호휘의 생각을 읽었다.

자신이 가질 수 없다면 모두 부숴 버리리라.

"……어리석은 것 같으니라고."

문인산은 슬펐다.

이깟 권력이 무엇이건대. 대저 원한이 무엇이건대. 왜 이리도 쉽게 목숨을 던진단 말이냐.

하지만 문인산은 머리를 털었다.

무신의 제자로서 약한 모습을 보일 순 없었다.

말투에 힘을 담는다.

"고작 이런 전력으로 사부님을 당해 내실 수 있을 거라 생각하십니까?"

"고자이라, 고작…… 고작이라고 하였느냐?"

자존심이 상한 창마는 짙은 살의를 드러냈다. 단숨에라도 문인산의 목을 칠 것처럼.

하지만 문인산은 당당했다.

"예. 고작 이 정도냐고 여쭈었습니다."

창마는 삼존을 능가한다. 입신을 엿본다.

하지만 그것으로 끝이다. 백율이 닿은 지고의 경지에는 오르지 못했다. 단 한 발자국만 부족한데도 불구하고. 그러나 그 정도로도 창마와 백율 사이에는 하늘과 땅만큼이나 큰 거리가 있었다.

"독존을 믿는 건 아니실 테지요? 검존도 그가 자랑하는 궁창호와 함께 사부님께 대적했지만 당해 내지 못했습니다. 일수(一手). 고작 그것으로 끝이었지요."

그의 말이 끝나기 무섭게,

콰르르릉!

갑자기 저만치 먼 곳에서 폭풍이 불어닥치더니 황천삼십일수를 단숨에 찢어발겼다. 독 안개가 거짓말처럼 사라지고, 짐승들이 모두 도륙 났다.

"아니면 저기 계시는 사람 같지 않은 분을 믿으시는 겁니까?"

어디선가 칙칙하고 황량한 바람이 분다. 그리고 어둠이 짙게 내려앉더니 한 노인이 내려앉았다. 땅딸막한 체구의 흉망이었다.

피로 칠갑을 한 그는 걸음을 옮길 때마다 유령의 절규가 꼬리처럼 따라붙었다.

문인산은 창마를 보았다.

"분명 모두가 대단한 분들이십니다. 하지만 이분들로는 부족합니다."

문인산은 눈을 잃고 난 후 더 많은 것을 본다.

때로는 미래를 보기도 했다.

"안다. 노부 역시 아주 잘 안다. 백율, 저자가 어떤 자인지를. 노부, 독존, 흥망, 우리 모두가 덤빈다 하여도 백율의 옷자락 하나 건드릴 수 없다는 사실을. 아니, 몇십 명이 된다고 하여도 힘들 테지. 당대에 백율을 잡을 수 있는 자는 어디에도 없을 것이다."

창마는 도무지 인정하기 싫은 현실을 씹어 삼키듯이 말했다.

"그렇다면……!"

"하지만!"

창마는 입술 끝을 비틀었다.

"당대가 아닌, 과거로 간다면 어떨까?"

"그게 무슨……!"

"경배하라. 저 머나먼 시공을 초월하여 우리의 진정한 신께서 이제 이 땅에 강림하실 것이니."

"설마?"

야별성은 서로 다른 모양을 하고 있으나, 사실은 한 뿌리에서 뻗어 나간 가지일 뿐이다. 그리고 그동안 가지는 잎을 무성하게 하여 뿌리를 보호하려고 애썼다.

다만, 수십여 년 전에 가지가 다 자라기도 전에 줄기가 한 차례 이 땅 위에 등장한 적이 있었다.

마신을 숭배하는 이들 집단은 감숙과 청해 일대에서 크게 일어나 단숨에 들불처럼 강북 전체로 퍼져 나가 세상을 잡아 먹기 직전에 이른다.

하지만 불행하게도 무신 백율이라는 커다란 산불을 만나 숲이 전부 타오르고 뿌리도 위험해지기까지 했으니.

이때 사람들은 백율과 맞서 싸운 집단을 이리 불렀다.

대라종.

하지만 정작 대라종의 신도들은 스스로를 다르게 불렀으니.

"천마……신교?"

마신을 숭상하는 사교 집단인 이들은, 언젠가 교조 천마가 이 땅으로 돌아와 가르침을 거부하는 이교도들을 쓸어 내고 마의 왕국을 우뚝 세우리라 믿어 의심치 않는다.

물론 상식이 깬인 사람이라면 죽은 사람이 돌아온다는 대목에서부터 미륵 신앙을 떠올리며 잡소리로 치부할 것이다.

하지만 문인산은 잘 알고 있었다.

그런 일이 정말로 벌어질 뻔했었다는 사실을 말이다.

만약 당시에 백율이 세상에 나타나지 않았더라면, 강호는 재림한 천마를 맞아 기나긴 마도천하를 맞았을지도 모르는 일이었다.

그렇다면 그 천마가 돌아왔다는 뜻일까?

"하지만 천마를 잉태할 씨앗은 사부님께서……!"

"천마는 언제나 윤회를 반복하시며 이 땅에 재림할 기회만을 엿보시지. 과거 백율이 그 불경한 손으로 천마께서 깨어나실 존체를 상하게 했으나, 시간은 흐르고 씨앗은 다시 발아하는 법이다. 그리고 지금이 바로 그때이다."

"그런 말도 안 되는……!"

"감히 네까짓 것이 무엇이건대 천마의 말씀을 그르치려드느냐!"

창마가 버럭 소리를 지르는 그때였다.

"거기까지 하세요, 무곡. 어차피 몇 번이고 설명을 해봤자 이교도…… 아니, 배교도는 절대 이해하지 못한답니다. 그렇다면 그 이적을 보여 어리석음을 스스로 깨우치게 하고 마신의 품으로 귀의케 하는 것이 응당 도리겠지요."

창마는 곧장 뒤쪽으로 부복했다.

"천마군림(天魔君臨) 만인앙복(萬人仰伏) 신교무궁(神敎無窮)! 만세, 만세, 만만세!"

창마가 당금 강호에서 차지하는 배분을 생각해 본다면 정말이지 극진하기 짝이 없는 태도였다. 그야말로 노예가 주인을 대하는 듯한 자세였다.

하지만 문인산은 다른 이유로 인상을 찡그렸다. 목소리가 낯설지 않은 탓이었다.

"삼제, 너……!"

"미안합니다, 대사형. 다른 사람들은 몰라도 평소 저를 아껴 주셨던 대사형께는 이런 모습을 보여드리고 싶지 않았습니다. 하지만 저희 역시 어쩔 수 없었다는 것을 알아주십시오."

이유명은 씁쓸하게 웃으며 문인산을 지나쳤다.

평소 여자와 술만 밝히고 천하를 떠돌기만 해 사람들로부터 지탄을 받았던 그를 끝까지 감싸 안아 줬던 고마운 존재도, 결국 어쩔 수 없는 입장 차이라는 것이 존재했다.

창마가 일어나며 물었다.

"어찌하시겠습니까?"

"……모두 죽이세요. 이 자리에 있는 자들 모두."

돌아설 때의 이유명은 싸늘함만이 감도는 얼굴이었다.

창마는 지체하지 않고 장창을 휘둘렀다.

쐐애애액!

창날이 내는 파공성이 귓가를 아프게 때리는 순간, 문인산은 염려하고 또 우려했다.

겨우 평화가 찾아오나 싶었던 이 강호에 다시 불어닥칠 혼란과 피바람을. 그리고 그 속에 홀로 갇혀 다시 방황을 시작할 무성의 슬픈 처지를.

"이번에는 제법이었다. 내 양손을 쓰게 했으니."

두둑!

독존의 머리통이 힘없이 옆으로 돌아간다.

백율은 시신을 바닥에나 아무렇게나 버렸다. 그의 시선은 주변을 향했다.

도처에 피비린내가 물씬 풍겼다.

연회장은 온통 시신으로 가득했다. 모두 황천삼십일수와 흥망의 귀영강시들이 저지른 참극이었다.

으드득!

백율은 으스러져라 이를 갈았다.

곳곳에 익숙한 얼굴들이 보였다.

적으로 만났지만 이제는 제 몸처럼 련을 일궈 주던 방효거사, 평생 뜻을 함께 하며 무신련을 일군 홍운재 장로들, 옆에서 언제나 싱글벙글 웃던 무사들, 이번 행사에 참여해 주기 위해 먼 길을 달려온 친구들, 명사들.

그리고,

"인산아."

처음 이 손으로 거뒀던 소중한 제자, 문인산까지.

이게 무슨 일이란 말인가.

대체, 대체, 대체……!

하지만 백율은 분노하지 않았다. 화를 삭였다. 대신에 가슴에 거친 불길을 지폈다. 이 분노를 적에게 모두 쏟아 붇기 위해.

허공에다 심어(心語)를 뿌렸다.

백율과 홍운재 장로들 간에는 심령으로 연결이 되어 있어 거리가 크게 멀지 않으면 언제든 대화가 가능했다.

『몇이나 남았나?』

곧 힘에 부친 조철산의 대답이 들렸다.

『대룡은 옆구리를 다쳤지만 걸을 순 있고, 황은…….』

『간단히.』

『……넷. 나, 석대룡, 고황, 그리고 천리비영까지.』

『잘 되었다. 모두 무성, 그 아이를 찾아 데리고 떠나라. 모르긴 몰라도 이들의 목표는 나뿐만 아니라 그 아이일 테니.』

조철산은 경악했다.

이런 상황에서 자신을 두고 떠나라고?

『차라리 다른 병력을 데리고 오면……!』

『아니. 그건 무리다. 지금 이 상황에 처했는데도 불구하고 아직 아무도 안 왔다는 것을 감안한다면 주요 전각도 이들의 손에 장악됐을 가능성이 커. 그러니 우선 피신부터 하고 상황이 정리되거든 돌아와라.』

『그럼 백가, 네놈은?』

백율은 피식 웃음을 흘렸다.

『나를 걱정하는 게냐? 이 천하의 무신을?』

잠시간 적막이 흘렀다.

『……알았다. 부디 무사해야 한다.』

『걱정 마라. 아직 할 일도 산더미처럼 쌓인 마당에 너희들에게 맡기고 떠나 버리면 나중에 저쪽에서 무슨 원망 들으라고.』

『그래.』

그것으로 조철산과의 대화는 끊겼다. 곧 조철산을 비롯해 네 사람의 심령이 차례대로 끊어졌다. 큰 싸움이 닥친 백율을 방해하지 않기 위해서다.

"이제 못된 제자 놈을 혼내는 일만 남았나?"

백율은 싸늘하게 식은 시선을 한쪽에다 던졌다.

저 멀리 이유명이 창마와 흉망을 대동한 채로 천천히 다가오고 있었다.

스스스……!

이유명이 걸음을 옮길 때마다 짙은 마기가 풍겼다.

마기는 마치 먹이를 칭칭 감는 뱀처럼 이유명을 타고 오르다가 이내 정수리 위에서 까맣고 불길한 망령의 모습을 드러냈다.

환생을 거듭하고 계속 거듭해 윤회의 법칙을 뛰어넘은 자만이 가질 수 있는 영혼, 천마혼(天魔魂)이다.

백율은 이유명이 아닌 천마혼을 보며 말했다.

"오랜만이구나, 천마. 삼십 년 만인가?"

『벌써 그리되었나? 그동안 참으로 보고 싶었도다. 무신이여.』

〈다음 권에 계속〉

사도연 신무협 장편소설

ORIENTAL FANTASY STORY & ADVENTURE

용을 삼킨 검

네이버 N스토어 에서 미리 만나보세요.

dream
books
드림북스

ORIENTAL FANTASY STORY & ADVENTURE

요도 김남재 신무협 장편소설

요마전설

妖魔傳說

NAVER 웹소설 인기 무협
요도 김남재가 전하는 또 하나의 전설!

유아독존 대요괴 백호와 천하절색의 미녀 월하린,
그들이 펼치는 유쾌하고 기상천외한 강호종횡기!

dream
books
드림북스

수라왕

이대성 신무협 장편소설

NAVER 웹소설 인기 무협 『수라왕』,
책으로 다시 돌아오다.

산법에 뛰어난 재능을 지닌 명석한 소년, 초류향.
진리를 깨우치고 숫자로 세상을 보게 된 소년,
그가 강호에 첫발을 내딛는다.

인물들의 외전과 뒷이야기를 정리한 설정집 수록!

★
dream
books
드림북스